紅鶴《フラミンゴ》

田中 博子

Hiroko Tanaka

日本文学館

私は生きているのかな？
深呼吸をしてみる。呼吸はできる。心臓も動いている。

それなのに心が凍りついてしまった。
時間が止まってしまったみたい。

未来が見えない。
夢も見られない。
希望が持てない。

何をやっても空回り。
笑っていても空元気。

楽しい気持ちってどんな気持ちだっけ？
何をしても心の底から楽しめない。
誰と居ても一人を感じる。

疲れたな……。もう終わりにしたいな……。

私は何のために生まれてきたのだろう？

そんな時にたまたま通った最寄の駅前で生き生きと唄っていたシンガーソングライター森圭一郎さんが曲に乗せて教えてくれた。

『〜♪一人いた部屋　ずっと考えてた
　生きている意味を探してた
　でもギター抱えた　旅人が歌った
　生きている喜びを探せと〜♪』

この歌詞に気付かされた。私は生きるという事に意味づけすることばかりを考えて、自分を苦しめていた。いつの間にか、生きている喜びを感じることを忘れていた。

生かせてもらえている意味はまだわからないけど、生きていられるだけで幸せと感じ、ただ生きていきたいから毎日を必死に闘ってきた日々をもう一度思い出そう。

私は周りのたくさんの方に助けて頂きながら今を生きています。

様々な心の葛藤を抱えながらも、支えてくれる方々や、環境・自然の中で私は生かされています。

拙い文章ですが、最後まで読んで頂けたらありがたいです。そして、もしも、私の経験が一人でも誰かのお役に立てたなら幸いです。

＊

今でもあの瞬間は忘れられない。時間が止まり周りに見えるすべてのものが一瞬にして色を失った。何を聞いてもその言葉は私を通過してゆく。何も考えられない。ただ、受け止めなければならないその病名だけが頭の中でリフレインしていた。もう逃げることはできない。

あの日がくるまでの私の生活はいつもと変わらず朝を迎えた。眠い目をこすりしばらくボーっとしてからゆっくり新しい一日が始まったことを認識する。時計を見て慌ててキッチンへ走り出す。まずはコーヒーの準備。朝が苦手な私にとって仕事へ出かけるまでの時間はいつも戦争。顔を洗い、歯磨きをしながらまたキッチンへ戻る。焼いたパンとコーヒーを流しこみながらメイクをするのが日課。洋服を選び歯磨きを済ませ、髪を整えたら駅までダッシュ！　最寄の駅まで走って十分。痴漢が多いという噂のある二両目・三両目は避け、とりあえず滑り込みセーフ。もう少しゆとりのある朝を迎えられたらと思うけれど、こんな毎日から抜け出せない。

電車の中でも、私の戦いはまだ続いている。車両の中を見回し、次の駅で降りそうな人の前に立つ。当たればラッキー！　これは私にとって大切な事。昨日、音楽学校で習ったことを復習できるかできないかがかかっているのだ。みごと当たった私は、その人が立ち上がる瞬間に横から滑り込み席を確保する。そして即座に教科書を広げ、昨日習ったメモに目を通す。

「すいません。おりま～す！」

満員電車内の人を掻き分け、無事下車できたらMデパート地下更衣室へ向かって猛ダッシュ！　朝の戦いはこれでひとまず終了。

そして、仕事終了後今度は職場から音楽学校へ走る！　走る！　走る！　そんな慌しい毎日を送っていた。


当時の私は夢を追いかけていた。やっと見つけた夢だった。学生時代はなんとなく毎日を過ごしていて、深く将来について考えた事がなかった。高校卒業後は採用の決まった職場へ実家から通い平凡な日々を過ごしていた。同じ顔ぶれで毎日同じ仕事をしてまた自宅へ帰る。たまに気のおけない友達に会ったり、人数が集まれば飲み会やコンパをしたりして楽しい時間を過ごしたけど、その頃の私は同じように流れる日々に嫌気をさしていた。仕事をして、結婚して、子供を産んで……、そんな平凡な日々を続けていくのだろう。そう思い見えすぎてしまう将来がつまらないものにしか思えなかった。それでも、変わり栄えのない毎日を変えるだけの夢も勇気も無くただ焦る一方だった。周りの友人は自分の夢をしっかり持っていた。夢を持ってオーストラリアへ留学した友、最愛の人と結婚して温かい家庭を築き始めた友、仕事に生きがいを感じている友……。本やテレビで『人は目標なしでは生きられない！』なんて聞くけど、どうしたら自分の夢を見つけることができるのだろう？　自分に何ができるのか、何をしたいのかが見つからない。

そんな想いを胸に、生まれた地の鹿児島へ行った時の事。幼いいとこにエレクトーンを弾いてと言われ、五才から高校受験までの十年間習っていたエレクトーンに久しぶりに触れた。つまらなそうにしていた他のいとこもエレクトーンを囲み楽しそうに唄い始めた。そんなみんなの顔を見て、演奏しながらよく歌を唄っていた自分を思い出していた。きっかけは些細なことだったけど元気や勇気や癒しをくれる音楽をもっと学びたくなり地元での仕事を辞めて音楽学校へ通いだしたのが夢への第一歩だった。

目標は見つけたものの、授業料が高かった為昼間は学校の近くで働き夜間コースで勉強することにした。自宅から新宿の学校までは二時間半ほどかかるので、音楽学校まで三十分で通える場所にアパートを借りて同時に一人暮らしの夢も叶えた。休日は生活費を稼ぐためイベントコンパニオンのバイトをした。自分で見つけた夢・自分で決めた道。今振り返っても、あんなに充実した日々はない。

イベントコンパニオンは、事務所登録が必要なため書類選考の後オーディションが行われた。

「はい、次の方は中へお入りください」

五人一組で行われ、部屋の中には面接官が三名いた。

見よう見まねで覚えたモデル歩きをして入っていった私は、かなり不自然だったと思う。

「イベントコンパニオンの仕事に就こうと思った動機を教えてください」

まさか、学費を稼ぐためとも、生活のため……とも言えず、

「以前から身長を生かした仕事に就きたいと考えていました。人と接する事は好きなのでこちらの仕事に興味を持ちました」

当たり障りのない返事をした。

「あなた、一回りしてみて」

「あっ、はい!!」

私はなりきってくるり。

「イーってしてみて」

「はっ?」

早くやるように目で合図されたので、イー。

「歯並びがもったいないわね。随分背が高いけどモデル志望だったらモデルの仕事はないわよ」

他の方は回って見せたり歯並びを見せたりしていなかったので、私はからかわれて終わったと落選を確信していた。が、数日後、携帯電話に研修日の連絡が入った。接遇を中心とした三日間の厳しい研修を終え幕張メッセでの展示会の仕事をもらった。

華やかな女性達は鏡に向かい服装やメイク・笑顔のチェックをしている。私は場違いな気がして落ち着かなかった。美のプライドを持つ女性たちの火花が散る中、どこか周りとは違う雰囲気を持った同じブースでＭＣを勤める一人の女性に釘付けとなった。品格があり、知的な雰囲気漂う女性。背はすらっと高く、気さくにスタッフにも声をかけている。つい見惚れてしまうまぶしい笑顔。後にテレビでよく見かける様になった彼女はなんと『山本モナちゃん』だった。名が知れる前だったけどただならぬオーラを感じ、カメラ小僧を押しのけツーショット写真をゲットしたミーハーな私。

時間のあるときは同僚とスポーツジムへ通った。運動が得意でも好きでもなかったけどスタイル良くかっこよくなりたくて懸命に取り組んだ。

「スポーツジムでのトレーニングをしすぎているせいか太ももの筋肉痛がなかなか治らないんだ」

「痛みが続くようだったら、一応病院で診てもらったほうがいいんじゃない？」

と同僚に言われたが、それまで病気という病気にかかった事もなく、自分の健康を過信していた私はそんな言葉には耳も貸さず休む暇を惜しんで働き、音楽の勉強と家事とを両立させていた。足の痛みも筋肉痛である事を疑わなかった。

ある時、私の勤めていたお店に妊婦さんが買い物に訪れた。臨月だろうか？　今にも出産しそうな大きなお腹を抱え品定めしている姿は羨ましいほど幸せそうで、こちらまで顔がゆるんでしまいつい目で追ってしまう。その瞬間、店内で倒れてしまった。お腹の中の赤ちゃんを守ろうと後ろに倒れたため、棚で後頭部をうち切創により大量に出血している。みるみるうちに床が真っ赤に染まった。慌てて店内にある商品のタオルを患者さんの患部に押し当て、気づいたら救急処置室へ走っていた。後、旦那様がお店へお礼にみえて母子共に大事にはいたらなかったことがわかった。今思うと、その事件の日が私が走った最後の記憶だ。筋肉痛に似た痛みを感じ始めて十日位経っていたその頃は、時々起こる骨がきしむような痛みがあった。筋肉痛のような痛みが長く続いていたので気になり始めてはいたが、忙しさに流され病院へ行く時間を作ろうとしなかった。

それから更に半月ほど過ぎ右太ももに違和感を感じ始めた。歩行中引っかかるような感覚があり右足を前へ出しづらくなっていた。軽く足を引きずって歩行するようになってから半月位経った頃、貧血を起こし勤務先のトイレで倒れてしまった。目覚めたときは救急処置室に横たわっていた。意識が戻り、仕事へ戻ろうとしたが店長に止められその日は自宅へ帰った。半日休んだら、体力も回復したので次の日から仕事に復帰した。数日後、痛みのあった右大腿部は健足の倍位の太さまで一気に腫れ上がり火をつけた様なものすごい熱感を伴った。初めて痛みを感じてから一ヶ月経っていた。

＊

一人暮らしを始めたのは花々が街を彩る春の暖かい時期だった。

何件か気に入った物件があったので下見には時間をかけ、昼・夜と足を運び街の様子を見て結局駅から一番近く街灯の多く明るい街の物件を選んだ。ライオンズマンションの二階六畳一間は、初めての一人暮らしにはふさわしい間取りだった。すぐに希望の部屋を借りることができた。

「管理人さん、私の部屋のテレビが映らないんですけど、どうしてですかね？」

マンションの管理人さんはとても温かい方で、出かける私たちを笑顔で送り出してくれるお父さんのような存在だった。

「じゃあ、アンテナのせいかもしれないな。お隣さんとアンテナを共用してるから聞いておいてあげるよ」

その日、仕事と学校から帰り夕飯の支度をしていると部屋のチャイムが鳴った。のぞき穴から見てみると知らない男の人がまるで海にでも行くかのような短パン・半そで・サンダルというラフな服装で立っていた。なぜかその人も腑に落ちない顔をしてドアの向こうにいる。私はかなり警戒していた。なんでこんな時間に、しかもあんな格好の人が私の部屋を訪ねてくるのだろう？

「あの……どちら様ですか？　何の御用でしょうか？」

「俺もよくわからないのだけど管理人さんに、話を聞いて見てやってくれと言われたから……」

ぼそっとその男性が答えた。私は警戒した。その時は何のことだか良くわからなかったので「結構です」と断った。

それからしばらくして、管理人さんが私の部屋を訪れた。今度は何の警戒心もなくドアを開けた。

「さっきお隣さんが来たでしょう。見てもらった?」

さっき来てくれた人は隣に住む方だったのだ。まだ隣人に引越してきてからごあいさつをしていなかったのでわからなかった。今朝管理人さんに相談したアンテナのことで、テレビの様子を見に来てくれたのだ。私はなんて失礼な態度をとってしまったのだろう……。後悔しているとまたチャイムが鳴った。のぞき穴を見るとお隣さんが困った顔をして立っていた。

「はーい!」

さっきとは掌を返したような態度で、私はすぐにドアを開けた。お隣さんは相変わらず困った顔で、

「俺も女の人の部屋へ一人で行くのは嫌だったんだけど、管理人さんがどうしてもって言

うから……」

「さっきはすいません。お隣の方だなんて思わなかったから……。ご挨拶が遅れました。隣に越してきた田中です。テレビが映らなくて管理人さんに相談したら、お隣と共用しているアンテナのせいじゃないかって……。てっきり管理人さんも一緒に見てくれると思っていたから、失礼しました」

彼は、困っていた顔から笑顔に変わった。

これが、彼との最初の出会いだった。


それから、隣のお兄さんとは挨拶程度のお付き合いをする様になった。隣に住んでいるから顔を合わす機会も増え、ベランダ越しにいろいろな話をする様にもなった。彼は、幼い頃ご両親が離婚し三歳から祖父母に育てられたが、生活のリズムの違いから十五歳で家を出て一人で生活してきたという。私とは全く違う環境で育った人。家族の存在を当たり前と思っていた自分がとても小さく薄っぺらい人間に思えた。苦労をしてきたにも関わらず、そのことを感じさせない彼を心から尊敬した。でも彼には付き合っている人がいたし、私は恋愛をする相手も暇もなく毎日を忙しくしていたので付き合うなんて考えてもいなかった。二つ年上の彼は私のことを妹みたいに思い、たくさんの相談に乗ってくれた。自分は自立して生活する事に必死で夢を見る余裕がないから夢を持って頑張る私の後押しをしてやるといつも励ましてくれた。頼りになる温かい存在で心を開くのに時間はかからなかった。そんな関係が半年位続きただのお隣さんから恋愛相手に変わった。

彼は時間がある時はいろいろな場所へ連れて行ってくれて、世間知らずの私にたくさんのことを教えてくれた。そして、誰よりも一番近くで、誰よりも私の夢を応援してくれた。彼がすごく私の生活を理解してくれたから、私は夢を追いかけ生活を変えることなく恋愛をすることもできた。ただ、休みの日に働いていたイベントコンパニオンの仕事は彼の強い要望があり辞めることにした。その分の生活費と、体調の事まで考えてくれて、帰りの遅い私に夕飯を作って差し入れしてくれた。そのうちお互いの部屋で夕飯を作っては運び一緒に食事をするようになった。それがきっかけで半同棲生活が始まった。私の貧乏生活に彼を巻き込んでしまったわけだけど、夫婦生活を覗き見したようなとっても楽しい経験だった。楽しい事ばかりではなく時には派手な喧嘩もした。今思えば、喧嘩できるほど向かい合って気持ちをぶつけ合えたのだから幸せな事だったと思う。

母とは幼い頃から何でも話してきた。母も対等にたくさんの話をしてくれた。今回も付き合い始めて早い時期に彼を紹介した。すぐに気に入ってくれて三人で食事へ行ったりもした。一人で走っていた最寄りの駅までの道も、彼と付き合いだしてからは二人で歩いて向かうようになった。帰りも彼が新宿まで迎えに来てくれて二人で帰るようになった。

＊

話は足の具合が悪くなった頃に戻り……。

右大腿部の腫れ・熱感・痛みも限界だったので最寄のY整形外科医院へ向かった。

足の状態、これまでの経過、貧血を起こしたことなど手短に話した。レントゲンの撮影を済ませ、再度診察室に呼ばれるのを待っていた。こんなときの時間は本当に長い。いつもはあっという間に過ぎる三十分でも、一時間も二時間も経った様に感じられる。やっと名前を呼ばれて再度診察室へ入ると、一通の封筒を渡された。

「どうしてこんなになるまで放っておいたのですか？　紹介状を書いておきましたから、これを持ってすぐにZ医科大学S医療センターを受診してください」

私は、何がなんだかわからないまま家へ帰り、いろいろ考えた。Y整形外科医院での医師の対応・レントゲンを診てからの看護師さんの気遣いが尋常ではなかった事……何かすごく嫌な予感がした。


翌日、私は彼に付き添ってもらいZ医科大学S医療センターへ向かった。手には汗と、昨日頂いた紹介状を握り締め……。

昨日同様、今までの経過を話しY整形外科でとったレントゲンフィルムを診てもらった。すると、一度診察室を出て待合室で待つ様に言われた。しばらくして、看護師さんが

私達に歩み寄り隣にいた彼に向かって、

「旦那さまですか?」

と聞くので、彼は、

「いいえ」

と答えた。

　今度は私に、

「お家の方は一緒にいらしてますか?」

と尋ねられた。

と、私も答えた。

「いいえ」

「では、早急にお家の方と連絡をとってこちらへ向かうように話してください。電話は奥にありますのでお使いください」

と言われた。なんだか、こういうシーンはドラマで見たことがあるなぁ。と暢気な事を思っていた。ただ、大変な事が私の身の上に起きていることを感じ緊張がはしった。看護師の指示に従って父の会社に連絡し事情を話すと、私たちは先に自宅へ帰るように言われたので家へ戻った。私たちは言葉を失い家についてからも食事はのどを通らず、ただ黙っておのおの考えを巡らせていた。

父はとても厳格で、子供の頃から姿勢・あいさつ・お箸の持ちかたなど躾においてとても厳しくいつも怒鳴られていた。今では厳しく育ててもらった事を感謝しているけれど、結婚前に男の人と一緒に住むなんて絶対に許せない！と、彼を紹介したいと言っても会ってもらう事すらできなかった。母には同棲前から彼を紹介していて気に入ってくれていたし、結婚前提のお付き合いを認めてくれていたので、交際を反対する父と認めて欲しい私の間で板ばさみ状態。そんな母はこの一週間前から、鹿児島に里帰りしていたので、父が一人で病院へ駆けつけてくれた。一人で説明を受け、その後初めて私のマンションへ来てくれた。こんな形で彼を紹介することになるとは思ってもいなかった。父はこれまでの事、病院での説明、彼との事も全て受け入れてくれた。というか、受け入れざるを得ない状況だったのだけど……。

「とりあえず精密検査が必要らしいから、すぐに入院するようにという話だったよ。緊急入院という形をとるみたいだから、あさってには入院になるだろう。病院から連絡が入ることになっているから入院の準備をしておきなさい」

後、父から聞いたのだけど説明の時に疑いのある病名は告げられていたそうだ。でも、この時父が病気の話を語る事はなかった。

翌日、Z医科大学S医療センターから連絡が入り、入院日が決まった。初めての入院に戸惑いが隠せないまま……でも、腫れて痛みのある足をそのままにしておくわけにもいかずしぶしぶ入院して、精密検査を受けることにした。母は鹿児島から飛んで帰ってきてくれた。父や母の様子から大病の疑いがあるのだと確信した。

私は子供の頃、好きで見ていたドラマがある。当時、不治の病と言われていた大病を患いながらも前向きに生きる少女の姿を描いた作品だ。そのドラマにより予備知識があった。私のこれまでの症状が似ている。もしかしたら、その病気かもしれないと思いながらも、そうでない事を信じ不安をかき消すのに必死だった。

＊

一九九八年七月十日、Z医科大学S医療センターに入院した。

「今日からお世話になります。田中です。よろしくお願いします」

静まり返った病室に私の声は響いた。四人部屋の隣のベッドの方は、明日手術を控えているという。向かいのベッドの方と斜め前のベッドの方は脳を手術したため、バンダナを巻いていた。廊下ですれ違う患者さんたちもとても辛そうで、私が何気なく暮らしていた日々をこうして病気と闘っている人たちがこんなにたくさんいたのかと、反省するような想いだった。

病棟担当医と担当看護師が挨拶にみえた。そして、レントゲンフィルムを元に説明を受けた。レントゲンフィルムを見ると、右大腿骨の内側の部分にもやがかかった様に白く映っていた。医師は何度も影のある右大腿部を触診し、難しい顔をしていた。足は日に日に腫れが増していき、熱感もひどくなった。骨がきしむ様な言葉にしづらい痛みも増していた。医師からは絶対に右足に体重をかけないように言われた。緊迫した空気から不安が増し、私は何の病気なのか何度も聞こうと思った。が、本当のことを知るのが怖くてその疑問は心の奥にしまい込んだ。確かなことがわからない不安に押しつぶされそうだったが、病名を聞いて病気を受け入れる自信がなかった。とりあえず、検査はこれからなのだ。それを済ませなければはっきりしたことはわからない。とにかく何でもない事を信じよう。念のため精密検査を受けるようにという事だから、きっと安静にしていれば治る。そう診断されると信じようとしていた。私が大病にかかるはずがない。絶対に大丈夫！　そう自分に言い聞かせるのに必死だった。

右足に体重をかけてはいけないということから、車椅子を使うことになった。初めての車椅子にとても抵抗があった。私が車椅子を使わなくてはいけないなんて……。自分の足で歩くことができない虚しさと惨めさを覚えた。部屋に戻って来た彼は車椅子に乗っている私を見ても何も言わず、そっと押してくれた。言葉は無かったけれど優しく車椅子を押してくれたことにどんなに救われた事か……。彼は病院からバイクで十分くらいのところで働いていた。昼休みと仕事が終わってからの一日二回、雨の日も毎日会いに来てくれた。とても心強かった。その分、彼が帰ると不安に押しつぶされそうになり、涙が出た。

入院から十日して、やっとひとつ大きな検査をすることが決まった。下半身麻酔をかけ鼠蹊部動脈から患部までカテーテルを挿入し、血管造影剤を流し病状を調べる『血管造影』という検査。前夜から緊張していた。入院も初めてだしＣＴやＭＲＩ・骨シンチの検査さえ初めてで緊張してしまうのに、動脈から管を入れて検査するなんて……そんなに検査を重ねないと診断がつかないのかと焦る反面、検査が進むにつれてはっきりと診断がつくのが少し怖かった。本当のことなんて知りたくない。現状から逃げ出したくて仕方がなかった。

検査当日は母が付き添ってくれた。母も緊張している様子だったので努めて平静を装った。ストレッチャーで検査室へ運ばれた。初めて乗ったストレッチャー……曲がり角でも、横ぎりぎりをすれ違うストレッチャーがいても減速しない。

ガラガラガラ……コツン。ストレッチャーが壁にぶつかった。

「あっ、ごめんね」

……看護師さんは忙しいのだから制限速度を少しくらいオーバーしても、急停車に失敗しても仕方がないよね。

そうこうして辿り着いた検査室のスタッフの多さ、検査機器の多さに圧倒され恐怖感に拍車がかかった。精密な機械があるため、低温の検査室は寒く身体の震えが止まらなかった……なんて、室温のせいにしたけど、本当は恐怖感に身体が震えていたのかもしれない。

そんな私を救ってくれたのは安定剤でも、鎮静薬でもなく先生と看護師さんの優しい言葉と笑顔だった。笑顔ひとつで人の心を静めてくれるのだから看護師さんは本当に天使なのかもしれない。

手術室のベッドに横になり横向きで背中を丸めた。麻酔の注射を打つという若いドクターの声が聞こえてきた。

「この辺ですか?」

「そう、そこからゆっくり入れていって。(沈黙) あっ! 一度抜かないとダメかな」

そして、私に、

「ごめんね、もう一度チクっとするからね」

「はい、じゃあもう一度……そう、そこにゆっくり入れていって」

痛いッ。そして、鼠蹊部を切開した。そこからカテーテルを挿入し、造影剤を流した。患部が熱くなった。ついこの間まで元気に走り回っていた自分が懐かしくて貴くて仕方がなかった。どうして私がこんな検査を受けなくてはいけないの? どうしてこんな事になってしまったのだろう? そんな事ばかりを考えていた。

また若い先生の声が聞こえてきた。

「この辺で切っても大丈夫ですか?」

プチッ。切開した部分を縫ってくれたらしい。

生まれて初めての麻酔、局部麻酔だったため上半身はしっかり意識があるので聞こえてくる会話でいろいろと想像してしまう。

下半身麻酔での検査だったので検査が終了してもベッドに仰向けになったまま動いては

いけない。上半身は起こしても絶対に足を動かしてはいけないという指示だった。検査よりもこの絶対安静の状態が辛かった。

数日後、より精密な検査が必要という医師からの説明があり、スタッフの多い本院に転院するように言われた。私は血管造影の検査が終了したら医師に確認しようと思っていたことを勇気を出して口にした。

「先生、私は何の病気ですか？」

医師からは、

「今ははっきりした事はわからないので答えることはできません。その為に本院へ転院してもっと詳しい検査をしてください」

という答えが返ってきた。

そして、一九九八年七月二十一日、Z医科大学附属病院へ転院した。

それまで皆勤だった彼も、休みを取って付き添ってくれた。両親・彼・私で本院へ向かった。彼と両親は、私の事で毎日のように連絡を取り合ってくれていたようで知らないうちにとても親しくなっていた。こんな形でなければもっと幸せだったのに……。でも、こんな時だからこそ見えた幸せかもしれない。

本院の正面玄関に立ち、私たちは絶句した。病院の大きさが私の病気の重さを物語っているようだった。病棟へ着くと担当看護師が入院生活の説明をしてくれた。方言が温かい、とても優しそうな看護師さんだった。

私の新しい生活のスタートだ。六人部屋の雰囲気は、この間まで入院していた病室とは違ってとても賑やかだった。みんな気さくに話しかけてくれてありがたかったが、気持ちの重かった私にとってはみんなの明るさが眩しすぎた。同じに病気を抱えた方達なのに、どうしてこんなに明るく居られるのかわからなかった。本当は辛いはずなのに明るく振舞うその姿が痛々しくさえ思えた。

そんな気持ちを察してくれた彼は、私に代わってお部屋の方達に答え、間を取り持ち、よろしくお願いしますと頭を下げてくれた。考えてみたら彼と知り合ってから、こんなに離れた場所で暮らすのは初めてのことだ。遠距離恋愛になってしまうね。

私が病室で荷物を片付けている間、両親・彼は席をはずしていた。

後に聞いたのだけど、この時三人は医師から説明を受け、はっきりした病名も告げられていたらしい。私も心の中で覚悟している事があった。たぶん私の病気は……。

しばらくして目を真っ赤にして戻った彼とベッドサイドのカーテンを閉めて二人で話を

した。何があっても頑張って乗り越えていこうと約束をした。医師からの説明があった事、両親と話をしたことを察したが、彼の言葉にだけ耳を傾け私からの言葉は飲み込んだ。

面会時間が過ぎたので、私は一人病院に残された。

隣のベッドの方からの私への最初の質問が、

「あなたはどこを切るの?」

今思えば、同じ病人同士のたわいもない会話なのだけど、入院生活にもまだ慣れていない上、自分の病名も告げられていない私にとっては重い質問で、私は病室に居たくなくて車椅子に乗り部屋から出て食堂でずっと外を眺めていた。一人になって考えることはいつも同じ事で、どうしてこんな事になってしまったのか。私が何をしたというのか。どうして私なのか……。私の病気はたぶん治らないものなのだろう……。そんなことばかりだった。急に出口の見えない暗闇の中に放り出されたような気がした。


不安だらけの入院生活に少しずつ慣れてきた七月二十四日、面会に来てくれた母と私は担当医から告知を受けた。

「これまでの検査結果から腫瘍があることがわかりました。骨肉腫の疑いがありますから良性か悪性かこれから検査しますが、悪性の可能性が強いです。ただ、『骨肉腫』といっても、昔は不治の病でしたが今は……」

そこから先の言葉は全く覚えていない。

やっぱり……。

先生方は淡々と説明を続けていたが、私の耳には何も入ってこない。真っ白になった頭の中でその病名だけが何度も繰り返された。

骨肉腫、どうして私が……。

一瞬にして見える世界が色を失った。

告知を受けた日、バイオプシーという検査が行われた。下半身麻酔をかけ、患部にメスを入れ悪性と思われる細胞を体内から取り出し顕微鏡にて診断する病理組織検査だ。

うすうすは気が付き覚悟はしていたものの、医師の口からはっきりと病名を告げられると重みを感じた。でも希望を捨てないようにしていた。まだ、この検査結果が出なくてはわからない。良性の腫瘍かもしれないし……。先生の説明でも『疑いがある』という言葉だったから、まだ確かなわけではない。

〜一九九八年七月二十五日（土）日記より〜

海が輝く夏。今までの私はこの時期無邪気に海水浴をしていたな。今年の私は病院のベッドの上。右足に爆弾を抱えてしまったことは予想していた。でも、頭の中をグルグル回る不安を掻き消してきた。でも、ドクターの口からはっきりと聞かされるとやっぱりショックだった。昨日はショックで悔しくてたまらなかったけど、その後すぐに検査だったからそっちで気持ちがまぎれたのか、ショックのあまり感情が麻痺してしまったのかはわからないけど、今は怖いくらい冷静に考えられる。きちんと病名を告げてもらえて良かったとさえ思う。少し前の医療は患者自身に告知される事はなかったらしい。自分が何の病気かもわからずに亡くなっていく方もいると聞いた。私は告知を受けるまでとても苦しかった。何となく気付いていた想いと、何も話してくれない家族に私の不安も誰にも言えなかった。告知を受けて病名がわかって心のモヤモヤしていた部分がスッキリした気がする。告知を受けてたくさん泣いて、その事で母ともたくさん話せたから次を考えられる。私を信じてきちんと話してもらえてよかった。

まだ病理の検査結果が出るまではわからないし、何かの間違いって事もありえるから希望は持ち続けていよう。大丈夫。絶対に大丈夫！

しかし、希望はあっけなく裏切られてしまった。

『骨肉腫』という確かな病名が付いてしまった。また、今後のことで説明があった。まずは、化学療法をして効果を見るとの事だった。腫瘍が少しでも小さくなれば、その抗がん剤は私の悪性腫瘍をたたく（殺す）働きがある、つまり、効くということだからすぐに手術はしないで、体内に薬を流し様子を見るということだ。化学療法を三クールしてから抗がん剤でたたききれなかった腫瘍を取る手術をするという事だった。手術では、切断が必要になるかもしれないからそのことも覚悟しておくように言われた。今回の説明は、冷静に聞くことができた。心のどこかで覚悟していた。右足を失う事になるのではないかと……。もう、逃げられない。私はこの病気を受け入れなければいけないのだ。私がこんな大病にかかるなんて信じられない。信じたくもない。でも、受け入れなくてはいけない現実がそこにあった。化学治療がどういうものかも予想していた。医師からも、副作用として激しい嘔吐・発熱・倦怠感・口内炎・腎機能障害・食欲不振・脱毛があることが聞かされた。

〜一九九八年七月二十八日（火）日記より〜

彼と週に一度会える貴重な日、バイオプシーの結果が出て先生の口からはっきりと、骨肉腫で間違いないと告げられた。でも、前回の説明である程度心の整理をつけていたし彼も一緒にいてくれたので怖くない。心静かに聞くことができた。もう、受け入れるしかない。彼は前からこの事を聞いていたらしい。きっと、二人で泣いたあの時がそうだったのだ。その日、両親から本当に娘でいいのか、共に病気と闘ってくれるのか聞かれたそうだ。一緒に頑張りましょう。もしも、足がなくなったら俺が博子の足になります。って言ってくれたんだって。私に本当の事を言えずにいた家族や彼も辛かったと思う。苦しいのは私だけじゃない。だから、絶対に負けない！　頑張る。頑張る。頑張る！悔しい病気に負けてらんない！　私の強さを見ていてね。見守っててね。

ジリジリと日差しの突き刺す真夏、化学療法が始まった。抗がん剤は一日二回投与された。きちんとした時間に抗がん剤を流し二十四時間内に決められた量の点滴を流さなくてはいけないので時間も拘束された。健康な細胞も破壊してしまうほど強い薬なので薬が体外へ出るように水分をたくさん摂ることを義務付けられた。口から摂った水分量を記録し、排出した尿も測定し記録を報告した。拘束されるのが苦手な私にとってストレスを伴う日々だった。

真っ赤な抗がん剤を投与するとき、とても緊張していた。この薬が私の細胞を殺してしまうのだ……そう思うと、点滴一滴一滴に敏感になってしまい気持ちも落ち込んだ。

そんな時、いつも気遣い励まして下さったのは担当の看護師さんだった。同じ年の看護師めぐちゃんと親しくなるのに時間はかからなかった。いつも優しく声をかけ私の気持ちに寄り添ってくれた。ご自分の勤務が終わると毎日私のところへ来て話を聞いてくれた。


化学治療は想像以上に過酷なもので、薬を投与した次の日から副作用で悩まされた。食事の匂いをかぐだけで吐き気が襲った。そのため、何も食べられなくなり体重は一気に十キロ位減った。何も口にしていないため胃液と薬の混ざった緑色の液体を吐いた。起き上がるだけで嘔吐するためトイレへも行けなくなり、バルーン（尿路に入れる管）を挿入した。そんな日々が一週間続き私の体は、自分で見ても痛々しいくらいやせ細ってしまった。

こんなに苦しい時でも、病室のベッドから見上げた空は元気に走っていたときに見上げた空と何ひとつ変わらなかった。

母は仕事を辞め、鹿児島のいとこも埼玉へ来て付き添うと言ってくれた。でも、病気になったことでただでさえ負担をかけてしまっているのにこれ以上迷惑はかけられないと思い、今までと同じ生活を続けてほしいと頼んだ。決して若くない体にむちを打ち休みの日は父と二人で必ずお見舞いに来てくれた。彼も、週に一度しかない休みなのに片道四時間もかかる私の元まで欠かさず来てくれた。私はそんな家族や彼や友人が居てくれたから、辛い治療とも向き合う事ができたのだと思う。

「博子ちゃん、何か食べたいものや飲みたいものは無い？」

私の枕元に来て優しく声をかけて下さったのは同部屋の三浦さん。股関節に人工骨を埋め込む手術をされた彼女は、杖をついて歩いていた。まだご自分の歩行もままならないのに、私のことまで気遣って、飲み物や果物を売店から買ってきて下さった。そして楽しい話をして笑わせてくれた。食事ができないのはもちろんのこと、食事のにおいを嗅ぐだけで吐き気を伴う私が、

「つわりの予行練習よ！」

と笑って乗り越えることができたのも三浦さんの明るさや励ましのおかげです。三浦さんからは、幸せは待っていても来ないから自分で見つけ、毎日は自分の力で楽しくしていかなくてはいけないことを教えてもらいました。本当にありがとうございました。

今日は火曜日。週に一度、彼に会える日♪不思議なことに彼がお見舞いに来てくれる日は、化学療法中でも気分が少し良くなる。バルーンを入れている場合じゃない、頑張って起き上がらなくては。とか、かわいいパジャマに着替えなくちゃ。とか、お風呂に入れない日々だけど（体調に応じて入浴を禁止されていた）洗髪だけでもして、かわいい髪形に整えなくちゃ。なんて、どこにそんな活力があったのだろうと思うくらい不思議なパワーが漲る。

苦しい中でも自然と顔に笑みがこぼれ、顔色も良くなってくる。彼は私の生きる源だった。愛する人がいたから私も強くなれた。彼との目標があったから頑張ることができた。愛の力はすごい。どんなことに対しても勇気が湧いてくる。

週に一度の彼とのデートは、車椅子を押してもらって病院を一周散歩する事だった。私の調子の悪いときは、一日中ベッドの横に座って一週間の出来事を聞かせてくれた。私が調子のいいときは、医師の許可を得て車椅子で病院の近くのお店にご飯を食べに行った。中華の好きな彼だったけど、この時は私のリクエストに答えてくれた。

優しい彼はどんな道でもどんな時でも車椅子を押して連れて行ってくれた。

次の日はまた早くから仕事だというのに、いつも消灯時間の九時までいてくれた。家に帰り着くのはいつも十二時をまわっていたことでしょう。家に帰る彼の背中にいつも囁いていた。『ごめんね、こんなデートしかできなくて。いつもありがとう』

車椅子でいろいろな場所へ出て気が付いたことがある。外の道は車椅子では危険を伴うことが多いということ・不便な事がたくさんあること。ちょっとした段差でも車椅子利用者にとっては大きな障害物になってしまう。お店によっては通路がせまくて車椅子では入っていけない事があった。かわいい雑貨を見つけても、中へ入っていけないので外から眺めることしかできない。歩道が狭かったり、幅のある歩道でもきちんと舗装されていないと車道を通るしかなくて危ない思いをした事がたくさんあった。

一番困ったのがお手洗いだ。和式には絶対に入れないし、洋式トイレがあっても出入口が狭いと入れない。私は健足でケンケンしてなんとか入っていけるけど、車椅子でしか移動のできない方はどうしているのだろう？　実際に経験してみないとわからなかった事ばかりだ。雨の日は傘を差すこともできない。人ごみに入っていくのも大変。

車椅子を利用している友人が言っていた。車椅子で移動していると人の目に付きやすく、子供にとっては不思議なものに映るようで熱い視線を感じるらしい。それに気が付いたご両親は、

「見ちゃいけません」

と、子供を叱るそうだ。その事により子供も車椅子を利用している友人も傷ついてしまう。

きちんと教えてあげれば子供の車椅子への理解も深まるのにと友人は語っていた。


両親ともよく病院の庭を散歩した。年老いたお父さんの手、しわの増えたお母さんの顔。二人に初めて車椅子を押してもらったときは、切ない想いで胸がいっぱいになった。

父は仕事帰りなのに遠いところまで会いに来てくれた事があった。母は私が食事を摂れるようになると、好物をたくさん作ってきてくれた。仕事もしていた母は時間がないのに私が脱毛したときの為にと、ニットのかわいい帽子もたくさん編んでくれた。

本人の私よりも両親の方が、この病気を受け入れるのに苦しみを伴ったかもしれない。辛いのは私だけではない。共に闘おうとしてくれる先生方・看護師さん・家族・彼・友人の後押しが力になる。


夏も終わりかけた頃、私はもうひとつの治療をした。以前検査をした血管造影と同様、鼠蹊部を二~三センチ切開し、管を通して患部に直接抗がん剤を流す治療だ。この副作用は、今までの副作用に加え高音が聴き取りづらくなるという事と、心臓に負担がかかるそうだ。もちろん嘔吐・脱毛もある。

もう、こうなったら何でもやるしかない。怖いなんて言っていられない。腫瘍が無くなる可能性があるなら何だってする。入院したての頃の私とは別人のように強くなっていた。

動脈から抗がん剤を流し込んだその夜は、今でも忘れられない程辛かった。吐いても吐いても嘔吐が治まらず、吐き気止めも効かなかった。起き上がる事はもちろん寝返りを打つだけでもどしてしまった。右大腿患部がものすごく痛み、表面の皮膚がやけどの様に真っ赤にただれ、感覚が麻痺していた。もしこのまま治らず皮膚が腐ってきたら、足の手術と合わせて皮膚移植の手術をする予定だった。気分の悪さや患部の痛みなどで身の置き所のない辛さだった。水分を摂る事さえできない状態が十日以上続いた。なかなか回復しない事に苛立ち、遠いところからお見舞いに来てくれた両親に辛く当たってしまったこともあった。苦しすぎて気持ちをどこへぶつけていいか、自分の気持ちのコントロールをする事もできなくなっていた。

体を動かすと吐いていたので、起き上がれるようになるまでバルーンを使った。お風呂はストレッチャーに横になったまま看護師さんに入れてもらった。気分転換にと、忙しい中お風呂に入れてくれた看護師さんには心から感謝しているけど、本心は自分が情けなくて仕方がなかった。お風呂に入る事も誰かの手を借りなくてはいけない。トイレへ行く事すらできない。

今、介護を要する方が増えているけれど、身の回りの事が自身でできなくなるのはとても悔しく辛い事だと身をもって知った。決して楽がしたかったり、甘えた気持ちでお世話になっているわけではない。本当は自分でやりたいのにできない事への苛立ち・助けて欲しいことを伝える難しさ・遠慮したり我慢したりタイミングを考えたり……お願いするのも楽ではない。気を使って疲れてしまう。今まで当たり前のようにできていたことができなくなった喪失感とストレスを抱える。自分の事ができない弱さを感じ強がってみたりする。介護をする方も本当に大変だと思うけど、介護する方と同じくらい介護される方の気持ちも苦しいのではないかと考えさせられた体験だった。歳を重ねるということは何かを失っていくということなのでしょうか?

抗がん剤を注入して十日、やっと少し食事ができるようになった。その時の私の体重は身長一七三センチに対して四八キロという骨と皮の状態までやせ細っていた。鏡に映る私の顔はまるで別人で、目の下にはくまができ、輝きを失った目は飛び出し、カサカサに乾ききった肌の色はどす黒く見えた。体じゅうの潤いがなくなってしまった。そして、恐れていた脱毛。

ある日目を覚まし枕元を見ると髪の毛がごっそり抜けていた。寝返りを打つたびに抜け、枕にたくさんついていたのだ。背中がかゆいと思うと、パジャマの中に抜けた髪の毛がたまっている。私のベッドの周りは抜けた髪の毛で散らかっていておそうじのおばさんにはとても迷惑をかけてしまった。それでも嫌な顔ひとつせずに掃除をしてくれたおばさんに、

「ごめんね、おばちゃん」

と謝ると、

「大丈夫だよ。これが私の仕事だからね。気にすることないよ」

と優しい笑顔で答えてくれた。

それからも脱毛は続いた。やっと食事も摂れるようになり体力も回復してきたからとシャワーを浴びてもいいという許可がでたある日、心躍る気持ちでシャワーをしていると髪の毛がやけに指に絡みつく。シャンプーを流すのと一緒に絡まってだまになった野球ボールくらいの髪の毛が流れていく。何度も何度も……。トリートメントをする時にはじかに頭皮に触る感覚があった。流れた髪の量はメロン大位あった。

おそるおそる鏡を見てみると、痛々しい私の姿があった。涙が止まらなかった。覚悟はしていたことだけど、この日が来てみると耐えられないものがあった。この日はなかなかお風呂場から出ることができなかった。

母がお見舞いに来てくれた日、残り少なくなった髪の毛を思い切ってバリカンで刈ってもらった。産まれたての体に戻ってしまったみたい。髪も、眉も、全て抜けてしまった。母はどんな気持ちで私の髪を刈ってくれたのだろう？　私以上に辛かったはずなのに、

「へぇ〜、結構似合うじゃん！」

と言いながら、何種類もの手編みのニット帽をプレゼントしてくれた。仕事を終えて家に帰り息つく暇もなく食事の支度・後片付けをし終え、寝る時間を惜しんで帽子を編んでくれている母の姿が目に浮かんだ。

毎週火曜日が楽しみで会いたくてたまらなかった彼だけど、こんな姿を見られたくなくて初めて会いたくないと思った。入院中、いつも私の事で連絡を取り合ってくれていた両親と彼だったから、私がこんな姿になっていることは知っていたと思うけど、彼はいつもと変わらず会いに来てくれた。ニット帽子を深くかぶっていた私に、キャップをとって見せてほしいと言う。

「あはは、こんなになっちゃったぁ」
と笑って見せた私を抱きしめておでこだか頭だかわからないところにキスをしてくれた。人の温もりってすごい力がある。傷だらけの心も一瞬にして治してしまうのですね。

外出許可をもらい、父母とウィッグ（かつら）を買いに行った。今はおしゃれでウィッグをつけたりもするので種類も豊富だし、材質も髪の毛に近いものから人毛で作られているものまであるのでほとんど違和感がない。病気になったのは悔しいけど、物に恵まれている今で良かったと思う。ロングへアーとショートへアーを両方買った。その日の気分で使い分けて楽しめそうだ。やっぱりヘアースタイルやメイクでおしゃれをするのは楽しいし、楽しい気分でいるとどんどん免疫力も上がる気がした。

食事も摂れて、シャワーができる日常も束の間、白血球の値が急激に下がり私は無菌室へ入った。白血球値が下がると免疫力が低下しあらゆる菌に感染しやすくなる。菌に対する攻撃力が低下するのでもし感染を起こすと治りづらくなるため個室へ入るのだ。

数日後、白血球値が三百まで下がったので皮下注射を打ってもらったがなかなか上がらない。四十度台の高熱が、解熱剤を打っても、筋肉注射をしても、抗生剤を点滴しても下がらず一週間が過ぎた。血小板の値も二万代に落ちたので、血小板の注入をした。白血球・血小板の値が低いので口の中は口内炎だらけ。歯磨きをすると歯ぐきを傷つけて出血が止まらなくなるということから歯ブラシでの歯みがきは禁止。うがいのみと制限された。激しい頭痛・吐き気。患部が脈打つのと同じリズムでズキズキ痛み、熱感が増した。足の痛みから夜目が覚める日が続いた。眠れない夜、考えることは決まって病気のこと。今のところ足は温存の方向で考えて下さっているそうだ。でも、手術してみてもし悪性の腫瘍が血管の方まで入り込んでいたら切断をしなくてはいけないらしい。足がなくなってしまうなんて考えられない。怖さの中で、大丈夫。大丈夫と何度自分を励ましてきただろう。体が副作用により弱ってくると、気持ちまで弱ってしまい自分を励ますのも疲れてしまった。肉体的にも精神的にも限界を感じていた。これからどうなるのだろう。彼と約束した結婚生活を目標に頑張ってきたけど、私は彼と一緒になってもいいのかな。彼の優しさに甘えてばかりいていいのかな。もしも足が無くなったら彼に別れを告げよう。誰よりも大切な人だから……これまでもたくさんの苦労をしてきた人だから誰よりも幸せになってほしい。

ベッドに寝たきりでこんなに長い時間を過ごすのは初めての事だ。個室に居てこんなに一人の時間があると余計なことまで考えて、ついマイナス思考になってしまう。

休みなしで働いていたあの頃、毎日が忙しすぎて休みたくて仕方がなかった。何もしないで一日中寝てみたかった。いっそ入院でもしてみたい。なんて考えてしまったこともあった罰が当たったのかもね。

体を自由に動かすことができて、辛い仕事でも働くことができて、おいしく食事ができて、のどが渇いたら水分補給できて、おしゃべりして笑えて、好きなところへ行けて、自力でトイレへ入ることもできて、無事排泄する事もできて……。そんな、本当に本当に当たり前の事がとても貴い事だと身をもって知った。

一度白血球値が下がり、無菌室に入ると一週間以上出られなくなる。気が狂いそうなほど辛い日々だった。

白血球値がなかなか上がってこない日々、担当医が休診日にもかかわらず毎日様子を診に来て下さった。後に聞いたのだけど、この時の状態は命を落とす程危険な状態だったそうだ。

人の命は強くもあり脆くもあるからこそ貴いものなのですね。

〜一九九八年十月八日（木）日記より〜

個室に入って今日で十日。やっと白血球値も上がり、熱も下がったのでペンを手に取ることができた。今思うのは、引き籠るのにも忍耐が必要だという事。全ての人がというわけではないかもしれないけど、外へ出られなくなってしまうのは、自己防衛なのではないかな。たくさんの悩みを抱えていたり、心に傷があったり、傷つきやすかったりすると、もうこれ以上は無理って体が信号を送って傷つかずにすむ、刺激を受けなくてすむその殻の中へ入ってしまう。でもこの殻の中も決して楽ではない。本当は息苦しくて、外へ出たくて仕方がない。その息苦しさや、不安や孤独の中で、気がおかしくなりそう。せっかく生きているのに引き籠っているのはもったいないな。呼吸ができる。腕がある。足がある。目がある。耳がある。鼻がある。口がある。なのに、人目に触れない場所にいて一日が終わってしまうなんてもったいないな。早く外へ出たい！

私が入院して一ヶ月位した頃入院してきたAちゃんは真っ黒に日焼けしたとても元気な女の子だった。同部屋のMさんはベッド上絶対安静の時間が長く売店へ行けないのでAちゃんと二人でよく売店へ買い物へ行った。もう八十歳にもなる大腿骨骨折で入院していたおばあちゃんの爪を切ってあげたり、洗濯物をしてあげたりして、お部屋では車椅子に乗った看護師なんて呼ばれたよね。知的でユーモア溢れるOさんは、私たちのお姉さん的存在で医学的な事から恋愛話までたくさんの話を聞かせてもらった。大部屋での生活はそれまでは存在すら知らなかった他人が集まり共同生活するわけだからストレスも伴う。カーテン一枚の仕切りで食事をしたり排泄をしたり泣いたり笑ったり生活するわけだからプライベートも何もない。でも、時間が経つと他人同士も家族になれる。小学六年生のYちゃんはおとなしくてとても大人びてて、最初は入院中にもかかわらずキャピキャピはしゃぐ私たちを大人気ないと思ってたみたいだけど、だんだんと家族のようなお部屋の雰囲気に笑顔が増えていった。

Aちゃんは手術目的で入院してきたのだけど、手術当日までオペへの恐怖心など見せず、明るく振舞っていた。オペの次の日には車椅子に移動して、また元気に飛び回っていた。

病院祭の時は車椅子で遊びに行ったよね。医学生たちが開催しているテナントのおかまバーに勧誘されて入っていったら、メニューにビールがありこっそり呑んだりした。Aちゃんのおかげで病気の事を忘れられる日々でした。

そんな元気いっぱいのAちゃんだったけど深い話をしていくとたくさんの悩みを抱えていた。泣くのをぐっとこらえていた。

「一緒に泣いちゃおうか」
なんて言って、二人で大泣きした事もあったね。

その夜、精神的な病について考えた。精神疾患は外見ではわからないのでなかなか周りからの理解が得られない。だから、苦しみや辛さが増してしまうのではないか。優しすぎるから自分を犠牲にし、周りとも距離ができてしまうのではないか。真面目すぎてたくさんの事をいろいろ考えてしまい、頭が疲れてしまうのではないか。でも、真面目で優しい事は決して悪いことではない。精神的疾患があったからといって犯罪を犯しているわけでも誰かに迷惑をかけているわけでもない。

感情の切り替えがうまい人もいれば、感情のコントロールが苦手な人もいる。

そんな一人一人の個性を尊重できる環境が住みよい社会を作るのではないかと思う。

後にまたお話を聞いて頂けたらと思うけど、私も心の闇に苦しんでいます。心が晴れたり曇ったり、時には大雨……。葛藤を繰り返しながら生きています。でも心の波があるのは生きている証拠。多かれ少なかれ人はみんな心に闇を抱えて生きているのだと思います。その量と質が違うだけ。だから、心の病は誰もがなりうることで、その病気を患っている人を偏見の目で見るのは間違っていると思うのです。誰もがかかりうる病気なのだからこそ、もっともっと心についての理解を深めるべきだと私自身反省した夜でした。もしかしたらきちんとした知識もなく偏見をもつ世間が精神病を作るのではないかと思います。

話が脱線してしまいましたが、そんな妹のようなAちゃんが整形外科を退院した。退院していく人を見送るとき心の半分は共に喜び、半分は羨ましくまた寂しくて心全部では祝っていなかったのが正直な気持ちです。退院していく人を見送るのはとても辛かった。

Aちゃんの退院後、貫禄のあるがたいのいい女性が肩から三角巾をかけ腕を固定させて入院してきた。私の向かいのベッドにどっしりと座っている。はっ、目が合ってしまった。

「姉ちゃんはまだ若いのにどうした？　怪我か何か？」

「いえ、病気で……」

それが初めて交わした会話だった。スナックのママさんだけあってお話好きな方で、楽しい話をたくさん聞かせて頂いた。どんちゃんとの会話を終え、車椅子で出かけて一時間後病棟へ戻りナースステーションで看護師と話をしていると、

「ピーヒュルルル……ピーヒュルルル……」

という、妙な音が響いてきた。私の部屋に近づけば近づくほどその音が大きくなる。部屋に入ってみると、ドンちゃんが、大きな口を開けてお昼寝していた。同部屋の方達と顔を見合わせ、アイコンタクト。

「こんなイビキ聞いたことないね」

「うん。そうだね」

「今夜から眠れない夜が続きそうだね」

「うん」

それからの夜はご想像にお任せします。私はそれまでもたくさんの人のイビキを聞いてきましたが、こんなイビキは初めてでした。おかげで、六五四号室は昼間はすっかり静かになり、看護師さんにも賑やかな部屋が静かになったと褒められました。なぜなら、みんな夜は眠れず昼寝をしているのです。

どんちゃんに驚かされたのはそれだけではない。とってもきれいな方達がかわるがわるお見舞いに来ていた。お店の方達だったのだろうけど、立ち居振る舞いが何か違う……。

今で言うとＩＫＯさんに似ている。何となく聞くに聞けず、私達の中では？？？が続いた数日後、どんちゃんの話で、

「うちは、フィリピン人を交えたニューハーフのお店なのよ」
という言葉を聞いて、なぞが解けた。ニューハーフさん達のダンスを売りにしているお店らしい。

どんちゃんが私の治療を見て病気に気づき、サプリメントをたくさん下さった。一瓶数万円する高価なサプリメント。藁にも縋る思いでいた私にとってとてもありがたかった。この場をお借りして改めてお礼を言わせてください。ありがとうございました。それから、どんちゃんのイビキはあまり気にならなくなりました。なんて現金な私（汗）。

＊

そんな日々の中、手術は刻一刻と迫っていた。

〜一九九八年十一月六日（金）日記より〜

今日、今回の化学治療の結果と手術についての説明を受けた。

あんなに苦しい治療を六クールもしたのに治療の効果はなかった。ただ、腫瘍が広がることなく大きさが変わっていなかった事が救いだ。

手術日が十一月二十五日（水）に決まった。広範囲で骨・筋肉・皮膚を取り除かなくてはならないため、これまで通り歩くことはできなくなる。人工膝関節を入れるため杖をついて歩かなくてはいけない。人工関節を差し込む骨への負担を少なくするためだ。

膝周りの筋肉もなくなるため、自力で膝の曲げ伸ばしをすることはできなくなる。先日の血管造影による化学治療で患部の皮膚がただれているため、そこに腹部から皮膚をもってきて移植するらしい。そのため、お腹にも傷・膝、大腿部には移植した皮膚のためパッチワークのような傷になるそうだ。術式《じゅつしき》（整形外科手術の方式）はほぼ温存の方向だが、切開してみてからの判断で切断になる可能性もあるとの事。何人かの整形外科医の話し合いの下、私の術式は決まったらしいが、中に強く切断を勧めるドクターもいたらしい。切断になるかもしれないことは前から聞かされていたので、私は担当医に問いかけた。

「もしも、先生ご自身が私の立場だったら切断されますか？　もしも、先生の奥様が私と同じ状態だったら切断しますか？」

　その言葉が先生の心に響いたかはわからないが、どうしても切断から逃れたい私の希望が通り全員一致の温存へ向けた十時間にも及ぶ手術に決まったようだ。しかし、もしも手術後につないだ血管がつまり、足が壊死状態になればすぐに切断をしなければならないというリスクが伴うようだ。今まで健康そのものだった私の体が切り刻まれ、私が私ではなくなるのかと思うと怖い。告知されてからは、話は全て一人で聞かなくてはいけない。もう、両親を頼れる年齢ではないのはわかっているけど怖くて怖くて今は一人でいたくないよ。これが夢ならいいのに。明日になれば目が覚めて元気に駅まで走って電車にもまれながら出勤するんだ。音楽の勉強をして、みんなで唄って演奏している、あれが本当の私だよ。杖をつかなくては歩けなくなる、走れなくなる、人工関節が入ってロボットみたいになってしまう私は私じゃないよ。苦しい治療に耐えれば必ず悪性腫瘍が無くなると信じて苦しくても耐えてきたのに……。奇跡が起きると信じていたのに……。現実はそんなに甘くはなかった。私はこれから先ずっと足の障がいを持って生きていかなくてはいけないのだ。悔しい!!　悔しくて仕方がないよ。神様は残酷だ。この病気は私にとって何か意味のある事なの？

私にとってのサプリメントは彼の声。ここに入院してから、テレホンカードを何十枚使ったかな？（この頃は院内での携帯電話使用は禁止されていた）彼と私を繋いでくれるのは電話での会話だけ。友人が私たちを応援してくれて、たくさんくれたテレホンカードも流れるようになくなってしまう。説明を受けたその夜も長く話をしたね。病名を告知されてからずっと考えているのは彼との関係だ。私の背負った荷物を半分彼が抱えてくれている。このままでいいのかな？　私から別れを切り出さない限り、彼を開放してあげられないことはわかっているけど、どうしても言えなかった。いつもいつも別れなきゃ、言わなきゃって思っていてもわがままな私は彼の手を手放すのが怖くて言えなかった。

その日は術式を彼に話し、これからどうなるかわからない、ただ、負担をかけてしまう私が一緒にいてもいいのかずっと抱えていた不安な気持ちと共に別れを……ほのめかせた。ドラマや再現映像などで放送される良くできた女性はきっとこんな時、相手を思いやって別れを切り出すのだろうな。でも私はその後ボロボロになってしまう事がわかっているからどうしても別れの一言が言えなかった。たくさんの話を重ね、ずっと私の側に居ることを彼は選んでくれた。彼の存在は本当に大きくてありがたかった。そして、彼を支えてくれたのは私たちの共通の友達。やすくんやますみちゃん、香野くん・てっちゃん・どらちゃん。みきりん・ひぐちゃん……本当にありがとう。

手術の数日前の事。

ベッドに横になっていた私に、

「ちょっと診せてくださいね」

と、患部を触診して下さった医師が今もお世話になっている整形外科腫瘍専門医K先生だった。この時、研究で渡米されていたのに日本へ戻り様態を診に来て下さったのだ。患者の命はどの様な先生とめぐり逢えるかで決まると思う。私はK先生達と出会えたおかげで今、生きていられます。

手術への恐怖心と、オペ後の不安から眠れない夜が続いた。そんな夜は悪いことばかりが頭をよぎった。静かな夜は足の痛みも増す。不安に押しつぶされそうな日々の中、心を救ってくれるのはいつも彼の存在だった。彼の笑顔、彼が私にくれた温かい言葉を思い出すと心が穏やかになり、負けてたまるか！と気持ちが掻き立てられた。

手術の前日も彼が会いに来てくれた。いつもより会話の少ない私達。彼は私を気遣いそっとそばにいてくれた。私は不安な気持ちを隠した。言葉はなくてもお互いの心はわかる。会話はなくても心が寄り添っていた。

手術前夜、お風呂場の鏡にずっと自分の姿を映し見ていた。

二十四年間、健康に過ごしたこの体ともお別れ。もう走ることも普通に歩くこともできなくなる。涙が堰を切ったように溢れ出し声を上げ大泣きした。思いっきり泣きたい事は何度もあったけど大部屋の病室で泣くわけにもいかず、我慢していた涙はなかなか止まらなかった。また、病室へ戻ったら泣くことを我慢しなくてはいけないので、泣けるこの場所で思う存分泣いた。お父さん、お母さんが大切に育ててくれたこの体にメスが入り、体が傷だらけになるけど、ごめんなさい。こんな病気になってしまってごめんなさい。どうか、明日の手術が成功し、目覚めた時には私の右足が残っていますように……。

十一月二十五日(水)。右膝人工関節置換術が行われた。八時十五分にストレッチャーに乗った。朝早く駆けつけてくれた両親から励まされ、私は笑顔で答えた。幼なじみのまこから朝一番で病棟に電話が入り、『頑張ってね』という言葉をもらったことまでは覚えているのだけど、筋肉注射をしてからはあまり記憶がない。朦朧とした状態でオペ室へ運ばれた。後、両親から聞いた話だと応援に来てくれた親戚の叔父夫婦にもきちんとあいさつしたらしい。担当の看護師めぐちゃんも休みなのに駆けつけてくれて、両親の心の支えになってくれていたそうだ。みんなの応援のおかげで私の手術は無事終わった。予定より二時間早く、八時間の手術だった。

手術が終わるとオペ室で起こされた。重い目を開けると、担当医のS先生・オペ室の看護師さんが私の手を握って下さった。担当医の存在は本当に心強い。入院してから毎日回診に来て下さったS先生。先生の、

「大丈夫ですよ」

というお言葉にどれだけの安心感と勇気を与えてもらったことか……。まだ病名の告知を受けていない入院したての頃、

「早く退院して、夏には海へ行きたいんです」

と、入院している自分を受け入れず目標ばかりを並べる私に、

「博子ちゃんはすぐ薔薇色の事を言うからなぁ」

なんてからかわれてた。夏、海へ行くどころか生死を彷徨う治療をした私を、ご自身の休みの日にも出勤して様子を見に来て下さったS矢先生。あのときの短パンに白衣の姿一

生忘れません（笑）。心から感謝しています。

共に暗闇に入り一緒に歩いて下さる。そんな風に感じられる先生や看護師さんの看護があるからこそ、強い信頼関係ができて患者は強くなり病気と向き合おうと思えるのだと思います。暗闇に明かりを灯して下さってありがとうございました。

*

オペ直後、手術室で起こされてからまた深い眠りに入った私が再び目を覚ましたときもまだ意識は朦朧としていたが、彼が手を握っていてくれたことだけはわかった。残っている右足を見て、安心してまた深い眠りについた。

～手術後から回復までの日記より～

十一月二十六日（木）。また、ひどい痛みに目が覚めた。夕べは痛みで目が覚めてまたウトウトすると痛みで目が覚める……そんな夜だった。目を覚ますたびに、手術が夢なら良かったのに……と何度も思った。右足全体がとても熱くてパンパンに腫れ上がっている様な気がした。とても重くベッドの下に足が落ちているような感覚があった。少しでも動かすとひどい痛みに襲われた。手足がしびれ、呼吸ができなくなるほど痛かった。痛み止めをしているはずなのに尋常ではない痛みの原因は、脊椎に刺してあった痛み止めの管が抜けていた。痛いはずだよね……。痛みのせいで何度も過呼吸を起こした。吐き気も伴い食事も摂れない。看護師さんが代わる代わる様子を見に来て下さった。激しい痛みの中でも気になる自分の右足を見たくて看護師さんに頼んでベッドの頭部をあげてもらいオペ後初めて自分の足を見た。右足全体がシーネ（ギプス）で固定されていた。指先もほんのわずかだけど動かせる。せっかく残してもらった足だもの。大切にしなくちゃ。不自由はあるけど、リハビリを頑張って元に近い状態で歩けることを目標にしよう!!と強く心に決めた。

十一月二十七日（金）。今日も両親が仕事後、お見舞いに来てくれた。

今日の消毒で初めて傷を見た。オペ前執刀医に、

「先生、嫁入り前なので傷跡がきれいに治るようにお願いしま〜す」と頼んであったので、ホッチキスでの縫合ではなく丁寧に手縫いしてくださったそうだ。包帯を外したその右足は、三十センチ程の傷で膝上十五センチ、膝下に十五センチ位。皮膚移植はしなくてもすんだようだが、以前受けた血管造影カテーテルで患部に直接抗がん剤を流し込む治療により火傷状態になり爛れた膝下の部分は茶色く変色していた。麻痺した感覚も後遺症として残るそうだ。生々しい傷跡だったけど意外とすんなり受け入れることができたのも、なるべく傷が目立たないように時間をかけて丁寧に縫い合わせて下さった先生方のおかげです。

十一月二十八日(土)。今日も両親が自宅から二時間もかけてお見舞いに来てくれたので、立ち上がる姿を見せたかったのだけど足を下ろすとしびれ、呼吸困難を起こすほど激しい痛みに襲われるのでこの日は断念した。

十一月二十九日(日)。痛いからとあまりのんびりしていると、目標のクリスマスの一時退院ができなくなると先生に脅かされて、今日手術後初めて立ち上がった。ずっと横になっていたのでクラクラするが、立ち上がれた時はとっても感動した。まだ健足(健康な方の足)のみ加重可なので、新しい足がどういうものなのかは実感できなかったけど、とにかく立ち上がれた自分を抱きしめてあげたい気分だった。車椅子に移り今までのベッド上の時間を取り戻すように動き回った。リカバリー室から元居た部屋へ戻ると部屋のみんなが心配してくれていた様で、顔が見れて安心した。という言葉を頂いた。活動し始めたらみるみる顔色も良くなり、手術直後は傷口が早くふさがる様にと嫌々摂っていた食事も、今日からはおいしくいただけそうだ。

十二月一日(火)。今日は彼がお見舞いに来てくれる日。私は気持ちの面でも元気を取り戻し、彼と食事へ行くためおしゃれを始めた。といっても、まだ院内のデートしかできないので一番お気に入りのパジャマと母が作ってくれたニットの帽子に身を包み、薄くお化粧もして車椅子に移り彼を待った。私が落ち込んでいるだろうと笑顔を作って病室へ入ってきた彼は、元気な私の姿を見て狐につままれた様な顔をしていた(笑)。病院内にあるレストランで、食べる! 食べる! 食べる! 心配そうな彼をよそに二人分ペロリと食べ、デザートまで頂いた。これから過酷なリハビリが待っているのだもの。たくさん食べて体力付けないと! などともっともらしいことを言ってごまかした。

十二月十日(木)。抜糸をした。傷口はケロイド(みみずばれ)にもならずきれいらしい。術後二週間経ち少しずつしびれもとれ痛みも和らいできた。ただ、約四ヶ月間も右足を使っていなかったので筋肉が落ちているからリハビリを始めても歩けるようになるか少し不安。また治療に入るのでクリスマスの外出は無理かもしれないけど、年末年始は家に帰りたい。それを目標にしよう。

十二月十二日(土)。今日からCPMという機械で膝を曲げるリハビリが始まった。足を機械にはめ込み膝を曲げていくベッド上でできる簡単なリハビリだ……が、たったの三十度しか曲がらなかった。それ以上曲げると痛くて仕方がない。……先が思いやられる。股関節からは足を上げられるようになり、足が重たい感覚も徐々になくなってきた。

十二月十四日(月)。術後の体力も戻ってきたということで再び化学療法が始まった。リハビリをしながらの抗がん剤投与。今まで以上に気持ちを強く持って頑張らなくては……。目標、年末年始は家へ帰るぞ! 絶対に松葉杖で歩ける様になって彼の元へ行くぞ!

十二月二十一日(月)。PTのK先生の下、リハビリが始まった。K先生は優しさが滲み出ていて憧れてしまう。抗がん剤投与中なのでベッド上でストレッチ・ベッドサイドで健足側に体重をかけ立つ練習などをした。手術前にも軽く松葉杖をつく練習はしたけど、改めて教えて頂いた。私が車椅子や松葉杖のお世話になるようになるなんて、一年前の今頃は想像もしてなかったな。一年前の今頃、クリスマス一色に染まったディズニーランドへ行ったり、イブには表参道のイルミネーションを観に行ったり、クリスマスプレゼントの買い物へ行ったりしたね……。彼からのクリスマスプレゼントは薬指のダイヤの指輪だった。婚約指輪は今、お守りとして左手の薬指で輝いているよ。その一年後、私の足がこんな風になるなんて思いもしていなかった。この病気になっていなかったらあのまま毎日が続いて彼と結婚をして、子供ができていたかな……。世間がいう平凡な幸せを手にしていたかも知れない。あの頃は当たり前のように明日が来て、当たり前のように彼の隣にいると思っていた。今回の事で遠距離恋愛になってしまったね。でも、二人の絆は深まったと思っていいよね。今は今を生きるしかない！　今年のクリスマスは病院で過ごすことになりそうだけど、それはそれでいい経験だよ。楽しんじゃおう！　お正月には外泊できるようリハビリに励もう！

十二月二十二日(火)。装具ができてきた。右足全体を包むようにはめ込むタイプの装具で、六箇所のマジックテープでとめるようになっている。やせ細った右足は装具をはめても健足より細い。二分の一加重可能の指示が出たので、装具をはめて恐る恐る左足全加重から少しずつ右へ体重を移動してみた。膝がカクカクして変な感覚。でも、松葉杖に頼ることなく立つことができた。右足を地面につくのは入院以来だったので、

「立てたぁ～！」

と思わず感動の涙を流してしまった。(大げさ) 右足の指先がすぐに赤紫になり激しくしびれた。半年近くも使っていなかったのだから無理もない。

私は治療が始まる辺りから友人と会うのを避けていた。親しい友人とは手紙でたくさんの会話をした。手紙での言葉にどれだけ励まされたことか……。どんなに心強かったことか……。本当にありがたかった。でも、お見舞いは全て断ってしまった。私がこの病気になったことには必ず何かの意味があるはず。神様は私だったら乗り越えられるとこの試練を与えたんだ。と自分に言い聞かせることで必死に自分を支えてきたけど、本当は健康に毎日を過ごすみんなが羨ましくてたまらなかった。この頃の私は、まだ病気を受け入れきれなかった。病院にいる仲間は各々が病気を抱えて共に病と闘う同士だから、共に前を向くことができる。でも今友人に逢うと、どうしても比べてしまい悲観的になってしまう事がわかるから、会いたいのに会えなかった。

どうして他人と比較してしまうのだろう。私は私でいいのに……。退院して社会復帰したら健康な人たちと共に生きていかなくてはいけない。もっと強くならなくてはいけない事はわかっているのだけどなかなか気持ちを切り替えられなかった。

そんな私の気持ちに気がついて下さったのが看護師S主任だった。

「博子ちゃんのために徹夜して編んだんだから」

と、手編みの帽子をプレゼントしてくださった。小児リウマチを抱えるお子さんをお持ちの主任さんは毎日を忙しくされていたに違いない。それなのに、玄米が身体にいいからとおにぎりにしてきて下さったり、一日の終わりには必ず私の所へ来て話を聞いてくださったこと・主任さんの笑顔……一生忘れません。

十二月二十四日（木）。クリスマスイブ。目標は達成できず、白血球の値が下がってしまい個室（無菌室）へ入った。点滴をぶら下げながら室内でリハビリをした。副作用が辛いなんて言っていられない。時間があったら筋トレ筋トレ！　装具にもだいぶ慣れて、今は片松葉で歩くことができるようになった。自分の足を地に着けて歩くことがこんなに幸せなことだったなんて今まで気づかなかったよ。前の私とは形が違うけど確かに自分の足で歩いてる。

夜、先生・看護師さん達がサンタの支度をして各部屋にクリスマスの風を届けてくださった。整形外科病棟はとてもアットホームな雰囲気で、クリスマス前にはツリーを病棟に出し看護師・患者みんなで飾り付けをした。時間がたっぷりある私は、十二月初めから小さなツリーを作ったり、リースを作ったりして、お部屋をクリスマス色に染めていたので、さすが立ち直りが早い、とからかわれた（笑）。本当に温かい病院。仲良くなった看護師のめぐちゃんとは恋愛話も良くしていた。ここで過ごすことになった私を気遣いこっそりケーキを買ってきてくれた。二人でクリスマスイブを祝ったね。みなさんの優しさのおかげで楽しいクリスマスを過ごすことができました。本当にありがとう。

十二月三十日（水）。外泊許可！　年末年始外泊目標達成！

久しぶりの実家はとても懐かしく、病気になる前と何一つ変わっていなかった。帰宅して一番驚いたのは、迎えてくれた弟が丸坊主になっていたこと。抗がん剤により脱毛した私と同じように頭を坊主にし、笑顔で迎えてくれた弟に心から感謝している。そんな思いやりと勇気にありがたくて涙が出た。抜けてしまった髪の毛にはあきらめがつくけど、生えている髪の毛をまるめるのには結構勇気がいることだと思うの。

私はずっと心にあった質問を両親に投げかけてみた。

「お父さんやお母さんは私の病気の告知を受けたときどんな気持ちだった？」

父はどうしてわが子がこんな病にかからなくてはならないのか、なかなか現実を受け入れられなかったそうだ。母は、自分が代われるものなら代わってやりたいと何度も思ってくれたそうだ。

学生時代の私はそんな両親の愛情に気づく事もできず、厳格で夫婦喧嘩の絶えない両親に反抗し、父とはほとんど口も利かず、母とも喧嘩ばかりしていた時期があった。家に居たくなくて部活やバイトに明け暮れる毎日だった。

最近娘が口を利いてくれないとか、冷たい……と悩んでいるお父さん達の声をよく耳にします。でも大丈夫です！　社会に出て働くこと・生きていくことの大変さを知れば、必ず父親がどんなに偉大な存在か気づく日がきます。甘えているから反抗することができるのではないでしょうか（親子げんかばかりして勉強もろくにせずに生きてきた私が偉そうな事を言えたことではありませんけど……）。

親子の絆にはすごい力があり、離れて暮らしていても少し電話で話をするだけで、「今日何かあったでしょ」と、母にはすぐに見抜かれてしまう。

初めて彼ができた時も大変だった。私は必死に隠してデートに出かけたはずなのに、「今日は○○くんとどこに出かけてきたの？」なんて、帰ってくれば、相手まで言い当てちゃうの！

共に悩み、共に苦しみ、共に笑ってくれる人の存在は本当に心強いものです。解っていても、素直になれないのはどうしてだろう……困ったものです。

そして、ずっとずっと戻りたかった彼と私の部屋へ♪

一年ぶりに私達のマンションへ向かった。夢を抱いて初めた一人暮らし。彼とのベランダ越しのデート……。始まってしまった同棲生活……。もうあの頃とは違うんだね……。

私の住んでいた部屋には新しい人が越してきていた。当時、二〇二号室はシンプルでモダンだった彼の部屋。二〇一号室はアメリカンポップだった私の部屋。

ちょっと切ない気持ちで彼の部屋のドアを開けると、二部屋を一つにまとめたポップモダンな二人の部屋があった。ここでの五日間の彼との外泊生活は笑っちゃうやら呆れるやらで大変な生活だった。あっ、私が大変だったのではなくて私のわがままを聞いてくれた周りがとっても大変だったわけなのですが……。

まず、階段の上り下りができないからいつも彼におぶさり移動。膝が六十五度までしか曲がらないので、狭いトイレのドアは閉まらずオープンのまま。ユニットバスの浴槽にも足が曲がらず入れないし、ずっと立っていられないから便座の上でシャワー。長距離を歩けないし、まだ長時間立っていられないので買い物も料理もできない。彼が仕事から帰ってから夕飯の支度・食器の片付けなど全てしてくれた。そんな五日間で私が唯一できた家事といえばベッドメイキングだけ。

私にとっては夢のような五日間で心の充電もしっかりできたけど、彼は私との生活に懲りて再び病院へ戻った私を訪れることはないだろうと半分あきらめていたけど、化学療法に苦しむ私の元へ欠かさず火曜日にはお見舞いに来てくれた。

『人はみな一人で生まれ、
人はみな一人で死んでゆく。
それなのに、二人を知った今は、
一人で居られない。
一人になるのが淋しくて、
一人で居るのが怖くて、
孤独に耐えられない。

いつからこんなに弱くなったのだろう。
二人を知ってから、強くもなり、
同じだけ弱くもなった。
二人を知ってから、
求めるものも増えていった。

一人になるのを恐れて、
一人にならないように、
人に合わせて生きている。

辛いときでも笑い、
苦しいときでも平気なフリをする。
本当の気持ちを隠す。
人の顔色を見て、
人に話を合わせて、

一人ぼっちにならないように……
今日も心にうそをつく。
そして、自分を見失う。

人はみな一人で生まれ、
人はみな一人で死んでいくのに……』

告知を受け、病気と闘い手術を乗り越え、初めての外泊。

それからも私の闘病生活・歩くためのリハビリはその後六ヶ月間続いた。

これだけ何度も化学療法を行うと、抗がん剤を投与してから何日で白血球が下がるな。白血球が下がった次の日からは高熱が何日続く……。熱が下がると食欲も回復し、体力も戻るからリハビリ……。と、周期が解る。そして、初めての外泊から味をしめた私は心のケアも必要！と、時間さえあれば外泊・外出していた。

一時退院できる様になると、ずっと会いたがらない私を手紙で励まし続けてくれた友人が逢いに来てくれた。初めて入社した会社の上司や同僚も会いに来てくださり、会社へ戻ってくればいいというありがたいお言葉を頂いた。とても嬉しかったが、地元で勤めることよりも彼との生活に戻りたかったので丁寧にお断りした。

彼と一緒じゃないと生きている意味がないと思っていた。この病気にならなかったら、こんなに深い愛を知る事はなかったかも知れない。こんなに愛を感じることはなかったかもしれない。愛すること・愛されること・愛の持つ力を教えてくれた彼は私にとって命と同じ。彼が居たから乗り越えられた。彼が居たから生きていける。そんな深くて温かくて強い想いが膨らむにつれて、もうひとつ。彼の子供が欲しいと思った。もともと子供は好きだけど、子供を産みたいとこんなに強く思ったことはなかった。

ある日、担当医に相談してみた。

「先生、私、この治療が終わったら子供を作っても大丈夫ですか？」

また博子ちゃんはバラ色の事をすぐに考えるんだから！と、笑われてしまうかと思ったら、真剣に答えてくださった。まず今は体力がないから難しいということ。もし、赤ちゃんができたとしても五体満足な赤ちゃんができる確率は低いこと。化学療法がひと段落しても、妊娠すると放射線による検査ができなくなるので、子供を作ることは避けたほうがいい。との答えだった。先生は私のためを思って教えて下さったのだけど、女としてとても辛い答えだった。こんなに愛した人の子供を産むこともできない体になってしまったのだ。と深く落ち込んだ。彼と付き合いだした頃からいつか温かい家族を作りたいと思っていたので、子供が作れないという事は何より辛かった。

〜一九九九年四月二十三日（金）日記より〜

今日、先生から子供を産むにはリスクがあると言われた。病気になる前、彼と家族について語ったことがあった。今も同じ気持ちでいてくれているのかな。また一つ我慢しなくてはいけない事が増えたよ。

せっかく授かった赤ちゃんを簡単におろしたり、お腹を痛めて産んだ子を虐待したり、見捨てたりする親が増えているようだけど気持ちがわからない。確かに、子供が思うように動いてくれなかったり、泣き止まなかったり、金銭的に面倒をみきれなかったりすると投げ出したくなってしまうのかもしれないけど、子供を望んでも恵まれない人もたくさんいる。愛しい人と自分の子供に一生会うことができない人だっている。自分の子供に会えるってとっても幸せな事なのに……。私は友達の子供と遊ぶくらいで、子育てを経験した事がないから簡単にそう感じるのかもしれないけど、自分で家族を作れる事ほど幸せなことはないのに……。命を授かる事は奇跡のようなものなのに……。

そんな時、向かいのベッドに先天性の脳性麻痺を持ったとても笑顔の素敵な女性が入院してきた。深い落ち込みの中治療を受けていた私にいつも明るい笑顔で、ユーモアたっぷり楽しく語りかけてくれたIさん。これから手術を控えていてとても不安なはずなのにどうしてこんなに明るく笑えるのだろう?と、最初は不思議に思っていた。

ご自分の話も聞かせてくれた。Iさんも旦那さんとの間に子供が欲しいと願った時期があったそうだ。でも、自分の体が不自由だから子供に迷惑がかかると思い断念したそうだ。病気になるということは、ひとつずつ何かを諦めていかなくてはいけないということなのかな。もし、生まれてきた子供のことを考えなければ自分の願う気持ちだけで子供を授かる事だってできるはず。優しさって何だろう？　まだこの世に存在していない命についてこんなに深く考えたことはなかった。
そして、たくさんの困難を乗り越えてきたはずなのに素敵に微笑むＩさんから笑顔の大切さを教えて頂いた。辛く苦しくてもたとえ作り笑いや引きつり笑顔でも笑っていればいつか本当の笑顔を呼び寄せることができる。暗く沈んだ気持ちに光を灯してくれたのはＩさんのひまわりのような笑顔だった。

そして、入院生活十ヶ月二十七日。私の入院生活は終わった。

一九九九年六月六日（日）退院当日の日記より〜
約一年前、私はここＺ医科大学に入院した。生まれて初めて入院という経験をした。この病院のにおい・重苦しい空気・おいしくない食事全てが嫌だった。逃げ出したくてたまらなかった。病名がわかるまでは押しつぶされそうな毎日。病名もはっきりりして始まった化学治療。苦しくて辛い毎日。脱毛の悲しみ……。手術までとても長かった半年間。手術への不安、切断・移植への恐怖で夜は眠れない想いだった。手術は八時間かけて右足温存という大成功の結果で終わったが、足の痛みは続き、また不安な毎日。今思い返しても本当に長いトンネルだった。苦しくて辛くて暗い道のりだった。でも、私はクヨクヨしてこの一年間を過ごしたわけではない。いつも周りに支えられ、たくさん元気を分けてもらい、笑顔を忘れないように過ごしてきた。時には一人で泣くことも、彼に弱音を吐く事も、母に八つ当たりをしてしまった事もあったけど……。今となってはそんな苦しみも良い経験として私の人生に刻まれている。

いっぱい落ち込んだことも、たくさん泣いたことも、病院ということを忘れて病室で騒いだことも、みんなで歌ったことも、冗談を言って笑いあったことも、患者同士励ましあって、毎日一生懸命に笑っていた。

病名を知ったときは今までの私の生き方全てを否定された想いがした。自分と運命を責めたりもした。もちろん、今でもそんな想いが無いわけではない。でも、心のどこかでこういう時間を持てて良かったのかもしれないと思える。この病気になるまでの二十四年間私がどれだけ幸せだったか気づくことができたから。両親・そして彼からたくさん愛されていることを知ったから。私を応援してくれるたくさんの仲間がいることに気付いたから……。

きっとこれから先もこの一年間が何かで役立つと思う。その度に私の一年間の経験のもつ意味がわかるのだと思う。人生、どんな経験をしてもそこには何かの意味を持つものだと思うから。

私は今回の経験で、強さと自信をもらった気がする。一年前の私よりずっとずっと強くなった。たくさんの苦しみに耐えた自分を褒めてやりたい。これから、今までよりもっともっと苦しい事がまっているかもしれない。でも、いつでも笑顔を忘れずに進もう。幸せは自分が決めることだから。自分の手で掴んでいこう！

生きているだけで幸せ。生きていられるだけでラッキー！

＊

本当に辛い日々はこれからだというのに、この時の私はまるで大仕事を終えたような達成感に満たされていた。
退院して三ヶ月した頃、体力も回復してきたので職業安定所に通い仕事を探し始めた。

～一九九九年九月六日（月）日記より～
手術後約十ヶ月経った。今日始めて杖もつかず、装具もつけずに歩くことができた。杖なし歩行は人工関節に負担がかかるからと医師からとめられていたが、やっぱり窮屈な装具を付けずに歩けるのは幸せなことだ。夏は汗で装具が臭くなるし、杖をついていると物も持てないし……。この人工関節は特注で、骨組みが細く長いタイプのものなのでなるべく体重（負担）をかけないようにしないと、五年ももたずに取り替えなくてはならなくなるそうだ。取り替えるたびに三十センチほど切開し、新しい人工関節を埋め込まなくてはならない。五年に一度あの苦しい想いをしなくてはいけないかと思うと気が遠くなる。それでも、装具・杖をとって自力で歩きたい。

治療を終えて、五ヶ月も経つのにまだ生理が戻らない。以前は毎月激しい生理痛に悩まされてきたからその点楽だけど、戻らないのは不安で寂しい。彼との子供をあきらめたわけではなかったので婦人科を受診してみた。治療で使った薬は強く子宮にも負担のかかる薬だったので定期的に検診しながら経過観察することになった。

婦人科へ行くと赤ちゃんの定期検診や妊娠中のお母さんが連れてきている上のお子さんがいるので、子供と接する事が多い。子供っていいんだよね。ただ見ているだけで顔がにんまりしてしまう。澄んだ瞳で見られると心の中を見透かされている気がする。感受性が豊かで、ものの捉え方がまっすぐで、無邪気で、素直で……。ひねくれてしまった大人の私より、子供の方が大切な事をちゃんと知っている。人として忘れてはいけないものをいっぱい持っている。愛くるしい無邪気な笑顔にどれだけ心癒されたかな。私も子供の頃は素直でまっすぐで純粋だったはずなのに、いつからだろう。こんなにゆがんでしまったのは……。人の心の裏を考えたり、人を信じられなくなったり、本音と建前を分けて使ったり……。そんな風に小さな嘘をつくようになったのは悲しいことだね。産まれたときのスタートラインはみんな一緒だったはず。無条件に愛され、抱きしめてもらえたかわいい赤ちゃん。そこから取り巻く環境や試練によって人は変わっていくのかな。

『みんな生まれた時は無条件に愛されていた。
みんな愛し愛されたい気持ちはおなじ。
みんな一緒。一人じゃない。

だから、ありのままで大丈夫。
今抱えている辛い気持ちを口にしたっていいんだ。
暗い気持ちを言葉にしたっていいんだ。
笑えないときはうつむいていたっていいんだ。
人前で泣いたっていいんだ。
話をしたくない時は黙っていたっていいんだ。
ありのままの私でいいんだ。

みんな無条件に愛され生まれてきたのだから。
みんな愛し愛される存在なのだから』

中学・高校時代の友人から婚約したという連絡が入った。

彼女は私の病気のことは知らない。高校時代、同じ部活の人を好きになり、バレンタインデーやクリスマスのイベント時は一緒に準備した。お互い、社会人になってからもコンパや飲み会には誘い合い参加したよね。どっちが先に結婚するか？　なんて話したっけ（笑）。

そのコンパで知り合った彼とついに結婚だね！　友人とダブルデートした事もあり、二人の事は知っているので本当は心からお祝いしたいのに……正直な気持ちはまた嫌な私の感情が抑えられなかった。置いていかれてしまうようで寂しい気持ちだった私は本当に嫌な性格だと自己嫌悪に陥ります。

病気になる前は、平凡にただ結婚して子供を産んで育てていく自分を想像するとつまらない人生の様な気がしてならなかったのに、この病気になり当たり前と思っていたことに幸せを感じられるようになった今、そんな平凡な日々を求めている。

愛した人と結婚して家庭をもって子供をつくって……みんなが掴んでゆくことをできない私は置き去りにされているようで、参加したくなかった。みんな私の病気のことは知らないし、足に装具を付け杖をついて友達の結婚におめでとうと笑顔を作っている自分を想像するだけでみじめで仕方が無い。みんなに会いたいのに、反面、そんな気持ちをどうしてもぬぐうことができなかった。

当日、五人で集まり久しぶりの再会に近況報告をしあった。

もちろん、今回の主役は結婚が決まりルンルン♪（うらやましいな）一人は、将来看護師になるために脱ＯＬをして猛勉強しているとの事。働いていないのでおこづかいもなく貧乏生活……と言っていた。（やりたい事がしっかりしていていいな）一人は、結婚したくて仕事の後はコンパに出まくっているそうだ。でも全然彼氏ができる様子もないとの事……。（めちゃめちゃきれいなのにどうして？）一人は、早くに結婚したけど結婚生活一年余りで離婚したんだって……。（みんなそれぞれにいろんな苦労をしてるんだね）そして、私は足の障がいのこと・彼との生活の事を話した。

「博子、大変だったね。でも強いよ。私だったらそんなふうに外出したり、仕事を探したりできないと思う」

「そんな大変な事があったのに傍にいてくれる彼は優しい人だけど、それ以上に博子が頑張ってるからだよ」

そんな優しい言葉をたくさんくれた。いつの間にか出かけてくる前の気持ちがどこかへ吹っ飛んでしまった。ここへ来て話してみなくてはわからなかった事。私はみんなから同情されてしまうのかもしれないと思っていたけど、みんなそれぞれに試練や悩みを抱えているんだよね。私だけではなかった。みんなと会うまでは、悲劇のヒロインになり自分と周りを比較して周りの幸せで自分の幸せを測っていた。その事に気がつく事ができた時、みんなに会えて良かったと心から思えた。自分の幸せは私自身が決めること。幸せは周りと比較することじゃないのですよね。

＊

一九九九年十二月、退院をして丸々半年が過ぎた。オペからは一年以上過ぎたのに、まだ新しい足との付き合い方がわからずイライラが募る毎日を送っていた。装具なんてしたくない！　と装具を投げたり、関節が九十度までしか曲がらず、しゃがむこともできない足をたたきつけた事もあった。

普段は運動のため片道十五分かけて毎日スーパーまで歩いて買い物に行っていた。ドクターには重たいものはなるべく持たないように言われているけど、そんなこと言ったら何もできない！と反抗していた。なぜ重たいものを持ってはいけないかというと、前にも少しお話したけど人工骨を取り替える時期が早まってしまう事と、大腿骨とけい骨をそれぞれ途中で切断して人工膝関節を差し込んでいるので、そこで骨へのストレスがかかり骨折する場合があるそうだ。だから、あまり負担をかけてはいけないらしく歩きすぎもいけないそうだ。足全体がつる痛みと、人工関節に筋肉のすじがはさまってしまう痛さ、右大殿筋が落ち神経を直接刺激するため激しい痛みに眠れない夜もあった。痛みに耐え疲れて眠るといった感じ……。それでも人工関節を長く持たせるために制限した生活を送るよりは、せっかく自分の足で歩けるようにして頂いたのだからたくさん歩きたいし、今までに近い生活をしたかった。着たい洋服があって装具が邪魔になるときは装具を外してでもその洋服を着たいし、履きたい靴があれば歩行が困難になっても履いた。杖を突きたくないときは杖など持たずに歩いた。重たい荷物を持たなくてはいけない時はリュックと両手に持った。……そして、夜は痛みに苦しみ泣いていたバカな私……。

彼と長い時間をかけて新しい住まいを見つけた。この時間はもしかしたら、彼が本当に私を受け入れる為に必要な時間だったのかもしれない。もっと広い部屋を見つけようと言ってくれた時、これからの二人を約束してくれるようでとても嬉しかった。

～二〇〇〇年二月二十三日（水）日記より～

今日、ハローワークでたくさんの方達を見ながら不思議な事を考えた。どうして人はこんなに必死になって仕事をするのか……。もちろん、働くことはとても大切な事だし、守るべきものがあるからこそ仕事はしなくてはいけないのはわかってる。でも、いずれは死んでしまうのに、仕事だけで終わってしまってもいいのか……。たとえ仕事ができなくたって、他に生きる喜びはあるはずなのに……。仕事ができなければ、その人は価値のない人間かっていったらそんな事ない。なのに、人はその人の収入や職種で価値を決めたりする。そんなのおかしいと思った。十人十色。様々な個性を持った人間がいる。その一人一人が違っていいんじゃないか。仕事に生きがいを感じて一生を捧げる人もいれば、仕事は半分で、プライベートを充実させる人がいたっていい。趣味を充実させて、自分の時間を大切にしながら生きていく人がいたっていい。周りが働いているから働かなくちゃいけないって事もない気がする。贅沢な生活をしたい人は収入のいい仕事に就けばいいいし、最低限の生活に満足できる人は、時間を自由に使えばいい。

リストラされ自殺する方、仕事が忙しすぎてうつになり自殺する方……年々自殺者が増えているようだ。もし、自分の寿命をみんなが知ることができたら、人間はどんな生活を望むのだろう。本当に大切な事は、その人がどんな風に生きてきたか……その方の『生き方』なんじゃないかと思った。もし余命一年と宣告されたら私は何をして過ごすのだろう？

彼は、慌てて働かなくても家でゆっくりすればいいと言ってくれたけど、プライベートな時間も大切にしつつ新生活も守れるようにパートタイムで働くことにした。

新しい住まいへ引越し仕事も始め、力を併せて生活を始めて三ヶ月、穏やかな毎日だった。しかし、病気とは本当にしぶといもので……。

五月十六日、その日は一人Z医科大学S医療センターへ来ていた。

そして、肺転移の疑いがあり手術目的で入院する必要があるという説明を受けた。悪性の可能性が高いことも……。頭の中が真っ白になり帰り道のことも全く覚えのないままアパートに着いた。着いてからも何もしたくなくて夕飯の仕度もせずボーっとしていた。

彼が帰ってきて、顔を見た瞬間に涙が溢れてきて大泣きしたのを鮮明に覚えている。落ち着いてから彼に事情を話した。そして、私の正直な想いも話した。

もう、入院はしたくないこと。

もう、病院へは行かずにこのままここで暮らす。

それは、もし悪性だったら自殺行為になるわけだけど、どうしてもその時の生活を手放したくなかった。先に死が訪れてもここを離れたくないという私の想いを聞き終えると彼が言った。

「博子がもう病気と闘わない。死んでもいいいって言うんなら、俺も一緒に死ぬよ」

その言葉は自暴自棄になっていた私の心に突き刺さり、二人で泣きながら深く愛し合い長い夜を過ごした。この夜のことは忘れられない。人のぬくもりは人の心を救う。心の傷は人でしか癒せないものですね。

六月六日、朝一で左肺転移切除術が行われた。八時三十分にオペ室へ入り十二時近くに終わった。内視鏡での手術だった。

〜二〇〇〇年六月二十七日（火）日記より〜

六月二十二日に手術の検査結果が出た。やはり、原発からの転移で悪性ということだった。また、病気と闘わなくてはならない。夏の終わり、八月三十一日から入院して化学療法を行うことになった。骨肉腫と告知されてから私なりの反省点を並べて、免疫を上げるための努力をして生活してきた。いろいろな事が軌道に乗ってきたところだったのに……と悔しい気持ちでいっぱいだけど、心のどこかで悪性腫瘍の転移・再度抗がん剤治療を受けることを覚悟していたし、彼とも絶対に病気に負けないと約束したので、やってやる！　また闘ってやる！　という強い気持ちでいる。こんな時にニュースなどで自殺者の話を聞くといたたまれない気持ちになる。死にたくなる気持ちも身をもってわかっている。でも、命が欲しいから闘っている人が病院にはたくさんいる。ただ生きていたいと願うだけなのにそれさえも叶わず命を奪われる人がたくさんいる。自らの命を絶つのはその人の勝手かもしれない。でも、命を絶とうとする前に病と闘っている人の姿や生きたいのに奪われる命を抱えている人が居る事を思い出して欲しい。体にハンデを抱えながらも懸命に生きようとしている人の姿を見て欲しい。私が病気ともう一度闘おうと思えたのは彼の存在も大きかったけど、前回の入院生活を通して様々な病気と闘う方の姿を思い出したからかもしれない。

悔しかったのはやっと決まって慣れてきた仕事を辞めなくてはいけないということだった。周りの方達にも足の悪い私のことを受け入れて頂き楽しく働かせてもらっていたのに……。上司に転移したため治療が必要だということを伝え今後の事を相談したら、どの位で復帰できるか聞かれた。まだ、治療して様子を見ながらだからどの位かかるかわからないことを伝えたら、よくやってくれてるしずっと続けて欲しいと思ってはいるけど、今、人が足りなくて忙しい状況だから……。という返事が返ってきた。私が中途半端に休んでいては周りにも迷惑をかけてしまうので辞める事にした。病気のことは周りには伏せるように言われた。手術のため頂いた半月の休みも親戚の事情で鹿児島へ行くということにするように言われて休み、今回の退職の理由も家庭の事情ということにするように言われた。元気になったらまた復帰しておいでね、という言葉を頂いたけど、病気の事を隠すように言われた後だったので素直に喜べず、社交辞令にしか聞こえなかった。

辞めるのに本当の理由も言えないなんて……。そういえば、自己紹介のときに足の事を伝えようとしたら上司にそれ以上言わなくていいと言われた。

受け入れてもらっていたように思っていたけど、やっぱり組織は厳しい。病気を抱えた障がい者はなかなか受け入れてもらえないものなのだ。私のような立場の者が働くときは自分の事を隠していなくてはいけないのかな？　それは、本当の私自身を受け入れてもらったことにはならない気がした。足が悪くて体が弱い分人一倍に頑張ってきたし、足に障がいがあるからってできないと言ったことは一度もない。手術後復帰したときも絶対に休まなかったし、むしろ半月休んで迷惑をかけた分取り返すように働いた。最終的には辞めることを自分で決めたのだけど、やっぱり悔しかった。

入院予定日の一週間前まで働かせてもらい退職する事となった。

この夏はたくさん遊んだ。大好きな海・花火大会・旅行。友人も遊びに来てくれたり、幼馴染の明子とまことも旅行に出かけた。幸せな夏でした。

そして、この夏が終わるということは私の入院生活が迫ってくるという意味で……。

~二〇〇〇年八月三十一日（木）日記より~

私は再びZ医科大学附属病院の窓から変わらない景色を見ている。昨年の六月にここで学んだことを胸に社会に飛び出したのに出戻りになっちゃった……（苦笑）。

顔馴染みの看護師さんは、

「博子ちゃん、おかえり」

なんてさっぱり声をかけてくれるから、ここはまるで第二の我が家のようにも思えてしまう。病院なのに病院じゃないような温かい雰囲気のここが好き。安心して治療を受けられる場所があるのは本当にありがたく幸せなことだ。転移＝死への片道切符を手にしてしまったのかもしれないけど、一緒に闘っていこうと私の荷物を一緒に持ってくれる方達がたくさんいるから私はまた前が向けた。病院慣れしてしまったのかな？ ついこの間まではまた病院での生活が始まると考えただけで吐き気がしていたのに、来てみたら意外……落ち着く場所だったのだ……。そんな気持ちにさせてくれるのもここZ医科大学附属病院のスタッフ皆様のおかげです。

後、夢が叶って病院勤務させてもらえた私です。だから、医療現場がどんなに厳しく忙しく大変な事か身をもって知りました。医師不足・看護師不足のため、一人で二人分も三人分も働かなくてはいけない中、私たち患者の立場に立って共に病気と闘って下さる医療スタッフを心から尊敬します。

～二〇〇〇年九月三日（日）日記より～

今日、入院してから重ねた検査の結果説明・今後の治療方針の説明があった。まず、治療については前回同様で行うということ。そして、レントゲンで右膝の辺りに影が映っているらしく、再発の可能性が非常に高いということだった。胸部・腹部も読影医によんでもらう必要があるらしい。また、ＣＴやバイオプシーをする事になるようだ。二年前に初めてここへ来て、約一年の闘病生活を送ったときには、今さえ乗り切れば……今がまんすれば……と辛い治療にも耐えてきた。今回、肺に転移した時だってここで踏ん張ればまた元の生活に戻れると思い、手術し治療を受けようと闘って来たのに足にも再発しているなんて……。乗り越えても乗り越えても辛いことが待っている。もう、疲れたよ。もう嫌だ。もうどうやって自分の気持ちをコントロールしたらいいかわからない。この病気に終わりはないの？　もう、終わりにしたい。周りは結婚したり、彼とデートしたり、旅行に行ったり、出産したり……幸せな毎日を送っているのにどうして私だけこんなに辛い想いをしなくてはいけないの？　どうして私なの？　初めて病気がわかった時だって逃げずに闘ってきたじゃん。退院してからだって一生懸命生きてきた。転移したけど一生懸命に気持ちを盛り上げて、またみんなの力を借りて病気と向かい合った。手術後だって、私なりの小さな幸せを維持するために一生懸命働いてきた。

もう前を向く気力がないよ。どう気持ちを盛り上げて治療に挑めばいいかわからない。もう嫌だ！　嫌だ！　疲れた。

治療により下がった白血球も正常値に戻り、何日も続いた高熱も平熱に戻ったので、今日から一時退院できる事になった。彼が迎えに来てくれるので準備をして待っていると、担当医から呼び出され、カンファレンスルームへ促された。部屋には私の右足のフィルム画像が並べられていた。再入院し化学療法をするときには少しでも腫瘍が小さくなるように他の薬を使ってみるとの事だった。ただ、その薬を使ったとしても右足は切断する必要があるとの事だった。心の片隅では覚悟していたこと。今回は切断になるのだろう……。でも、わずかな希望を信じていた。化学療法で腫瘍が小さくなったから、手術はしなくても済む……とか、またその部分だけとって人工骨をもう一度埋め込むから温存というかたちがとれる……とか。

でも、現実はそんなに甘くない。『癌』というのは本当にしぶとい。このままにしておくと全身に転移して命を落とすという。もう切断するより他ないそうだ。

部屋に戻ると、彼が迎えに来てくれていた。片道四時間もかけて来てくれたのに、

「一人にさせて！　部屋から出て行って！」

と不安でどうしようもない気持ちをぶつけてしまった。彼は黙って部屋から出て行った。

いつもなら一時退院となると朝一でさっさと部屋を出る私がなかなか出てこないし、担当医から話があった事を聞いてか担当の看護師、あきりんも部屋へ来てくれた。彼女は私が初めて入院した時にもお世話になった看護師さんで、退院してからも親しくさせてもらっていた。今回の入院では私の担当になって下さった。

あきりんも優しくて楽しくて大好きな看護師さんで、笑顔と優しさにいつも救われてきたのにこの時の笑顔と励ましの言葉を、私は受け入れることができなかった。

「奇麗事言ったって結局人事《ひとごと》じゃない！　出て行ってよ！　一人にさせて！」

苦しい気持ちを看護師さんにまでぶつけてしまった。それから一時間位、部屋で一人泣き続けた。

一時退院中、彼も家族も私を連れ出そうとあちこち誘ってくれたけど、私は何もしたくなかった。一人になるとメソメソ泣いてばかりいた。夜中になると目が覚めて、自然と右足をさすってしまう。またいつの間にか眠りにつくと、浅い眠りの中で見る夢はすごく幸せなフワフワした世界で、朝になって目が覚めると急に現実に引き戻されるようでこのまいっそ目が覚めなければいいのに……って思ったことが何度もあった。

あの時は、自分の辛さしか考えていなかったけど、今思うと、一人になるとジメジメソメソしてるくせに無理して笑顔を作ったり、空元気だったり、空元気に疲れて沈んだ顔も隠しきれなかったり……すごく情緒不安定になっている私を横で見ていた周りの方が辛かったんじゃないかと思う。

一時退院中、自分の感情の中にどっぷり漬かっていて周りの事は見えてなかったし、彼や家族が優しさをたくさんくれたはずなのに、頭の中も真っ白でボーっとした中にいたので、どんな風に過ごしたのかよく覚えていない。

泣きたくても涙が出ない経験をした事がありますか?

あの時の私は泣きたいのに涙が出なくて、涙が自然と溢れ出し泣きたくなったときには泣ける場所がなくて、泣く事ってこんなに大変だという事を初めて経験した。

教授回診により、私の右足は間違いなく再発だという説明を受けた。教授の口から聞くと更に重みが増し、恐怖感をあおる。私はもしかしたら死んでしまうのかもしれない……。十字架を突きつけられたような想いだった。怖くて怖くて悲しいはずなのに涙がちっとも出てこないのが不思議だった。約一週間の一時退院期間を終え、再び治療が始まった。

精神状態も不安定なまま治療が始まり、抗がん剤の副作用のせいなのか精神的なものなのか、ボーっとした状態が続いた。前の様に病気に絶対勝つ！　という気力もなく、脱力感が続く毎日。もうどうにでもなれ……という気持ちが強かった。そして、とにかく一人になりたくて仕方が無かった。歩く事を禁止されていたので、車いすに点滴棒をつけてもらい点滴をぶら下げて、強い薬を使っているにも関わらず一人になれる場所を見つけて病院中を徘徊していた。そして、誰も居ない場所を見つけてはいつも心が泣いていた。（涙はでないのですが……）

大部屋ではなるべく明るくしていたかった。みんなそれぞれに辛い想いを抱えながらも励ましあい、一生懸命楽しい事を見つけて笑ってきたから……。それに、一時退院して戻った部屋は新しい顔ぶればかりだったので気を許せる人もいなくて、みんなで話すときは一生懸命笑って明るく振舞っていた。無理する事に疲れ辛さが隠しきれない時は一人になりたかった。大部屋では泣く事ができないし、夜襲われる恐怖の中涙が溢れる時は泣き声が周りに聞こえないようにタオルを口に挟んで泣いた。

食べたくも見たくも無い……でも、口にしないと点滴の量が増えるので無理やりかき込んだ食事を終え、外を眺めていたらある女性が声をかけてくれた。

「病院って飽きるよね」

「うん」

「どうして入院してるの？」

「見てのとおり、病気の治療中」

そして、彼女が自分の事を話し始めた。ひとつ年上の彼女は仕事中の事故で右手を失った。意識が戻ったときには右手首から下はなかったそうだ。小さなお子さんが一人、旦那さんとも別れたらしく女手ひとつで育てているらしい。すごく辛く苦しい毎日だろうに、たんたんと自分の事を話してくれた。そして、私も自分の事を話した。誰にも言えなかった想いが次から次へと出てきて止まらなかった。やっと話せた。似た想いに共感できたから話せたのだと思う。

「Kさんはどうしてそんなに前向きでいられるの？」

そしたら、彼女が爽やかな笑顔で答えてくれた。

「なくなってしまったものを悔やんでもしょうがないもんね！」

私の中で何か吹っ切れるものがあった。

それからの私の入院生活は少しずつ変わっていった。きっと時間があり過ぎて余計な事を考えてしまうのだと気づき、生活を充実させようと考えた。もうすぐ彼の誕生日だったのでセーターを編み始めた。男性にとって手作りのものは重いプレゼントだとわかっていたけど何かに打ち込むことで無心になりたかったのだ。そして、その時の気持ちを忘れないようにベッドのすみにこんな事を書いた紙を貼り付けておいた。

一、一日一度は外の空気を吸おう。
二、食事ができる事は幸せという気持ちを忘れない。
三、一日のうちで小さな目標を立てよう。
四、笑顔を忘れないようにしよう。
五、一日の終わりにはその日あった幸せを日記に書こう。

そしたら、少しずつ現実を受け入れられるようになってきた。

＊

こんなエピソードがあった。すっかり編み物にはまってしまった私は、ほとんど一日中編み物をして過ごす日が増えた。出来上がったセーターを彼が着るところを想像しながら一心不乱に専念した。

いつも昼食後の時間はお部屋のみんなはお昼寝タイムとなる。そんな時でも私はひたすらセーターを編んでいた。でも、少し疲れたので外の空気を吸おうと編みかけのセーターをベッドに残したまま車椅子で部屋を出た。いつもは行き先を告げて部屋を出るけどその時はみんな寝ているし、廊下にもナースステーションにも看護師さんがいないので検温までに戻ればいいと思い、黙って散歩へ出かけてしまった。

私のお散歩コースはだいたい決まっていて、まず正面玄関に行き外の空気を吸う。そして、次に記念塔まで外から周り最上階へ登って景色を展望する。でも、この日は抗がん剤を投与していたので、時間には部屋へ戻らなくてはいけないから正面玄関で緑を眺め、外の空気を吸って部屋へ戻ろうとした。その時、

「あれ？　博子ちゃん？」

懐かしい声に呼び止められた。振り返ると、初めての入院時、同じお部屋で大変お世話になった三浦さんの姿があった。

「三浦さぁ〜ん！」

そこから、三浦さんが退院してから再入院に至るまでの経緯を話した。気づいた時には

とっくに検温の時間を過ぎていた。ヤバイッ！

慌てて部屋に戻ると、お部屋の人たちが、

「良かったぁ。戻って来た。どこへ行ってたの？」

というので、

「ん？　外の空気を吸ってきたの」

すると、

「そうだったんだぁ。それなら良かった」

と肩をなでおろすので、？？？だった。お部屋の方一人が、

「博子ちゃん、戻ってきましたよ～」

と、わざわざナースコールしてくれた。あ～、この部屋の人たちにとって検温は欠かして

はいけないとても大切な事なんだ。その時間に部屋にいないということはものすごく心配

をかけてしまうんだ。と、時間に遅れて戻った事を反省していると、今度は看護師さんが

息を切らして部屋へ入ってきた。

「看護師さん、博子ちゃんが戻ってきましたよ～」

と、お部屋の方が報告してくれる。なんて優しい人たちなんだろう。私が抗がん剤を投与

している事を知っていてくれて、みんなが気に留めてくれていたんだ。今度は看護師さんに、

「博子ちゃん、どこへ行ってたの？」

と聞かれ、

「気分転換に外の空気を吸いに行ってたの。ごめんなさい。部屋の人もみんな寝てたし、看護師さんも見当たらなかったから黙って出かけてしまってすみません……。検温時間にも遅れてしまって……」

そしたら、

「無事、戻ってきてくれたんだからいいんだよ」

という言葉が返ってきた。

えっ？　今までだっていつも外へ出てたし、私が検温時間にいない事なんて日常茶飯事なのに病院の方針も厳しくなったんだなぁ。その時はその位にしか思っていなかった。

後、看護師さんから聞いたのだけどこの時は大変だったらしい。切断するという術式の説明を受け、一時退院したが再び病院に戻ってきた私は口数も減っていて、ほとんど部屋にもいないし看護師さんにも心を閉ざしていた。少し前まで思いつめた様に外ばかり眺めていた私が、急に編み物に目覚めて夢中になっている姿は傍から見たらちょっと怖かった

のかもしれない。その編みかけがベッドに置かれたまま姿を消したものだから、変な事を考えているんじゃないかと看護師さんみんなで私を探して下さったらしい。

自分だけが苦しくて辛くて、誰にも私の気持ちなんてわかりっこないって思っていたけど、こんなにたくさんの方が見守り気にかけて下さっていたのだ。と、自分の事しか考えていなかったことを深く反省した。


〜二〇〇〇年十月五日（木）日記より〜

今日、担当医から胸部と腹部のCTも読影に出していて結果を待っている状態だという話を聞いた。専門医によんでもらわなくてはいけないなんて、もしかして胸部にも腹部にも腫瘍があるの？　と、また怖くなった。病気に対してとても神経質になってしまう。

この三日間、抗がん剤の副作用で身体がものすごくダルいのでベッドで横になってばかりいた。音楽を聴いていても、本を読んでいても、気がつくと病気の事を考えていた。そして、『死』について考えた。人は必ずいつかは死ぬんだよね。どんなにお金に恵まれていても、どんなに幸せな生活をしていても、どんなに辛い経験をしても、ゴールはみんな同じ。全ての人に平等に命はあって、全ての人に寿命がある。死というゴールへ向かって旅をしているんだね。私はまだ旅の途中。これまでの旅に当たり前にあったものをこれからは手放して旅を続けていかなくてはいけない。今まで当たり前のようにあったものを失うわけだからすごく怖くて不安だけど、もしかしたらゴールに着いたときにここで私が手放さなくてはいけなかった理由がわかるかもしれない。今、大切なものを手放すのと引き換えにもっと大切なものを手にしているのかもしれない。一生を終えて振り返ったときにそれがわかるのかもしれない。足を失うことによって命を救ってもらうのだから、この辛さが何年かしたら幸せと思えるのかもしれない。足を失うことでこの旅が終わるわけじゃない。うまく言葉にできないけど、そんな風に思う。だったら、新しい形になった私を新しいスタートラインにすればいいんだ。またそこから新たな旅が始まる。

幸せって何だろう？　幸せって誰が決めるのだろう？　足があれば幸せ？　歩ければ幸せ？

幸せを決めるのはその人の心でしかないはず。足がなくなったって幸せを感じられる心はある。この試練の答えが出るまで日々を一生懸命生きればいいんだ。

今日の幸せ・梨をおいしく食べられたこと。

～二〇〇〇年十月九日（月）日記より～

今日、本を読んでいたら〝自分の人生は自分で選んでいかなくてはいけない〟というフレーズがあった。自分で選択して決めたことなら後悔することもないから。という言葉にハッとした。私が後悔しない形って何だろう？　今は目の前の事をひとつひとつ乗り越えていくしかないから、手術の事を正面から受け止めてみようと思った。そこで後悔を残さないためには自分でもこの病気の知識を持って、動いて納得できる状態にしてから手術に挑みたいと思う。

この頃はまだセカンドオピニオンという言葉もあまり知られていなかったので、担当医へ他の病院を受診してみたいと切り出すのには勇気が必要だった。たくさんの事を受け入れてくださる先生たちだけど、もし想いがうまく伝わらなくてプライドを傷つけてしまったらどうしよう……。他の病院へ行けばいい。と見放されてしまったら……。という不安があったのだ。発病してからの全てを知っていて下さるZ医科大学附属病院でこれからもお世話になりたいから誤解されたくなかった。患者の立場として、他を受診してみたいということは失礼な事だと認知していた。でも、ひとつの病院だけの診断で足を切断してしまったら後悔が残る気がしたし、どこの病院でも切断しかないと言われれば自分でも納得した上で手術に挑めると思い、以前担当してくれた看護師めぐちゃんに相談した。全てを先生任せにするのではなくて、私自身も知識を持って私自身で選んでいきたいと伝えたら、その想いを私の担当医に話してくれた。話を聞いたドクターが、

「田中さんの身体なんだから、納得いくようにしたほうがいい。後はこっちでフォローするから」と、背中を押して下さった。

そして執刀医にもきちんと想いを伝え、知り合いが紹介してくれたG大学附属病院整形外科医を受診した。結果、やはり切断しかないという診断をされた。

セカンドオピニオンの件から、Z医科大学附属病院の担当医もそれまで以上に私と話をする時間を大切にして下さるようになり、具体的な術式の説明も一時間以上もかけて納得いくまで説明して下さった。まず、局部は右膝下なので、膝上十センチ辺りから切断。鼠蹊部のリンパ節にも腫瘍らしきものが確認できるから同時にそれも摘出するらしい。先生方も調べてくださったようで、学会でも、今渡米されているK先生の病院でも同じ答えだったそうだ。百人ドクターがいたら全てのドクターが切断をすすめるだろうという事。東洋医学についても、当時の西洋医学の中ではあまり高い評価はされていないという事

だった。患者の私の立場に立ち対応して下さった先生たちの丁寧な説明のおかげで、手術に対する全ての不安が取り除かれた。百パーセント納得した上で切断を決意できた。お忙しい先生方からしたら面倒くさい患者だったと思うけど、想いをぶつけられて良かった。医療というのは、どれだけの方がどんな形で自分と共に病気と向かい合ってくださったかが一番大切な事なのだと実感した。

二〇〇〇年十月十七日、手術までの心の準備時間が欲しいと、先生にお願いをしてまた一時退院をさせてもらった。この一時退院は私にとってとても大切な時間だった。好きな事をし、好きなものに囲まれて過ごした。

『香り』アロマテラピーが好きで、中でもローズ系の香りが好きなので、ローズのルームスプレーを作った。眠れない夜はラベンダーを焚いた。ローズマリーは頭をすっきりさせてくれるので昼焚くことが多かったお気に入りの香り。香りは心と身体そして記憶に働きかけるすごいパワーを持っている。人間の五感（視覚・触覚・嗅覚・味覚・聴覚）のうち、脳に情報がダイレクトに伝わるのは『嗅覚』だけ。そして海馬で記憶されるのだそうだ。再び病院に戻ったときに香りから今の幸せを思い出せますように……。人間、最後に残る感覚は嗅覚という説を知ってから『香り』に興味を持つようになった。いつも素敵な香りに包まれていたい。

『音楽』経験や感動、溢れる気持ちを表現するために作られた歌詞やメロディーには重みがある。その歌詞やメロディーひとつひとつが心に響き、共感したり安らぎを覚えたり、時には反論しながら耳を傾けるとまた違った形で音楽を楽しめる。昼は、楽しい気分になれるようにボサノバやポップスを聴いた。リラックスしたい時や眠れない夜はオルゴールの曲を聴いた。音楽療法という言葉があるように、音楽の力は心に働きかける力がある。

『人の心の傷は人でしか癒せない』彼と手をつないで眠るだけで気持ちがこんなに落ち着くんだ。肌が触れ合うだけで心が安定するんだね。

『海』海へ連れて行ってもらった。十月の寒く冷たい海。でもどうしても両足で大好きな海へ入りたかった。両足で受けた冷たい波の感覚……今も覚えている。

『ベランダで洗濯物干し』人に胸張って言えるほど家庭的なわけじゃないけど、天気のいい日にベランダで洗濯物を干している時も幸せを感じたな（笑）。

大きな幸せばかりを求めてきたから気が付かなかったけどシンプルでも幸せ材料が周りにこんなにたくさんあった。こんな状況ではなかったら気がつかなかったこと。

二〇〇〇年十一月二日、切断の手術をするため再び入院した。

二〇〇〇年十一月七日、バイオプシー（生検）を行った結果、骨肉腫の再発が認められ、手術日が十一月二十一日とはっきり決まった。手術するしかない、足を失う他私の命は守れない！　と自分に言い聞かせても、手術日が決まりいよいよ現実となるとまた弱虫な私が顔を出して恐怖に押しつぶされそうになっていた。そんな私の気持ちを気遣い、先生方を始め看護師さんや周りの患者さんがたくさんの優しさを下さった、

「手術をして足がなくなってしまっても、博子ちゃんは博子ちゃんだよ」

「田中さんは田中さんで何も変わらないんだよ」


二十日、シャワーを浴びながら涙が止まらなかった。鏡に姿を映しては辛くなり目をそらした。一人になれるお風呂場がすっかり泣き場所になってしまった。充血した目が治らないのでなかなかお風呂から出ることができなかった。夜も眠れなかった。恐怖心から逃げたくて早く眠りたい反面、右足を一時でも長く感じていたくて眠りたくない気持ちもあった。でも、起きていても涙が溢れるだけなので、結局睡眠導入剤を出してもらいゆっくりと眠りについた。

二十一日、朝がきてしまった。皮肉な程に明るい太陽の光で現実に引き戻される。

午前八時三十分朝一番の手術だった。薬により朦朧とした意識の中でストレッチャーに移動してからもずっと右足をさすっていた事だけは覚えている。

手術は切断の中でも一番ベストな形で終わったらしい。前回の手術で人工関節を大腿骨の空洞に埋め込んでいたので、コンクリートが取れず人工骨もそのまま残すことになるとそこに膿が溜まりやすくなり傷口もふさがりにくくなる、すると義足をつけた時に痛くて体重をかけづらくなる。と言われていたから人工物をきれいに取って頂けた事は本当にありがたかった。手術は五時間で終わり、リカバリー室へ戻った。手術室で一度起こされたがまたいつの間にか眠りについていた。

ゆっくり目を覚ました時、部屋には彼しか居なかった。すぐに足の事が脳裏に過ぎったが怖くて見ることができなかったので布団をたくさんかけて隠しておいてもらった。そしてまたいつの間にか眠ってしまった。

麻酔をかけると高熱が出るので、熱くてまた目を覚ました。やっぱり彼だけが隣にいてくれた。熱くてたまらなかったので布団を一枚取ってもらえるように頼んだ。すると、彼はタオルケット一枚残しただけで何重にも被っていた布団をいっきにめくり上げた。ベッドの頭の方を少し上げていた私の目に、タオルケットの下の左足と比較してふくらみの無い右足が見えた。右足の太ももから下がペッタンコ。恐る恐る、今度は自分でタオルケットをめくってみた。やっぱり私の右足は無くなっていた。包帯でぐるぐるに巻かれた太ももだけが残っていた。泣き出した私を彼は黙ってずっと抱きしめてくれていた。

あの時の彼、布団をめくるのにすごく勇気がいっただろうな。でも、あの時あんな風にしてもらえてなかったら私はいつまでも自分の足を見ることができなかったと思う。一瞬、酷だと思ったけど彼の本当の優しさに心から感謝しています。

二十二日、夕べは何度も楽しい夢を見た。切断が夢だったのではないかと錯覚を起こしてしまうほど夢の中では足もあるリアルに幸せな夢だったので、目覚めた時ペタンコになった右足を見てまた現実に引き戻された。夕べは一時間おきに目が覚めてそんな事を繰り返していた。心配して部屋に泊まってくれている母を見て安心してまた眠った。後から、オペ中母に付き添ってくれていた彼から聞いたのだけど、母はストレッチャーで手術室に入って私の姿が見えなくなると泣き出してしまったそうだ。私の前ではそんな姿は見せなかったお母さん、無理していたんだね。変わってやれるものなら変わってやりたいといつも言ってくれていたお母さん。きっと私以上に辛い気持ちでいたよね。こんなことになって本当にごめんね。

午前中、母が帰ってからは個室の窓から見える景色をボーッと眺めていた。何も考えていないただボーッとしているだけなのに気がつくと涙が頬を伝いその感触で我に返った。

午後、立ち上がってみようという看護師さんの声に、耳を疑った。

「え～！　昨日手術したばっかりですよ！」

そういう私を、

「大丈夫！　博子ちゃんならできるよ」

なんておだててくれちゃうから、私もその気になって、

「じゃあ、少しだけ」

股関節からわずか二十センチ程しか残っていないのに鉛の様に重たく感じる。右足の太ももを持ってベッドサイドへ移動させてみる。まだ、自分の感覚で動かすことができないのだ。左足は自力で動かせるので床に足を着き立ってみた。

二十三日、朝一で看護師のあきりんが車椅子を持ってきた。

「はい、博子ちゃん、これに乗って！」

「え？　まだ外に出るつもりないんだけど……」

「ベッドを掃除するから」

「じゃあ、車椅子に移動してるよ」

「今日は天気が良くて外が気持ち良さそうだよ」

あの時の私はなかなか心の整理ができずにいた。外へ出るのが怖かった。人の目が気になって仕方がなかった。足のない私をみんなが見てるような気がしてならなかった。私の事気持ち悪いと思ってるんじゃないか、変に同情されてしまうんじゃないか……。正面玄関までの片道はそんな事ばかり考えていた。そんな憂鬱な気持ちで外へ出たけど吸った空気は格別においしくて、暗い気持ちの中にすーっと入り込んでくる光のようにさえ思えた。不思議と部屋へ戻るまでの片道は、人は自分が気にするほど私の事なんて見てないし、だいいち足がないことに気づいてもいない。足の一本どうってことない！　と、前向きな気持ちに変わっていた。人間にとって太陽の光を浴びて外の空気を吸う事はとても大切なことだと実感した。あの時、あきりんが背中を押してくれなかったらいつまでも部屋から出られなかっただろうな。あきりんに感謝です。

二十四日、手術前同部屋だった方に廊下で会った時の第一声が、

「足を切断したんだってね……かわいそうに……」

心配しての言葉だとわかっていても傷ついている弱い私がまだ居た。両親は心の整理がつくまで個室にいていいよ。と言ってくれるけど、気持ちが焦る。人目が気にならなくなったと言えば嘘になるし、人と話をする事も苦痛なので大部屋に戻りたくない。大部屋

へ戻ればお見舞い客も多く来るからどうしても人目にさらされるし、その度に同情されるのは嫌だ。でも、このままでいいとも思っていない。このままここに居たら自分がますますダメになるのもわかっている。

足はまだ幻肢痛がある。右足の先まで残っている気がするのだ。失ったはずの右足の小指がかゆくなったり右足全体がしびれたり、ないはずなのに右足のつま先から股関節まで全体に激痛がはしったりする。先生は義足を使い始めたら幻肢痛もなくなるから大丈夫と言ってくださるけど、あの時の私は痛くてもいいから足がないのにある様な感覚がずっと残って欲しいと思っていた。右足の感覚を忘れたくなかった。残された右足がとても大切で愛しく思えるようになり、ちょっと恥ずかしいけど現実を受け入れるため私が毎日していたこと・「おはよう！　短足君♪」なんて足に声をかけたりしてた（笑）。

＊

〜二〇〇〇年十一月二十六日（日）日記より〜

今日は両親がお見舞いに来てくれたので三人で病院内を散歩した。秋晴れでとても気持ちが良かった。これまでは見過ごしていた野花やもみじをゆっくりじっくりと見ることができた。野に咲く花は、こんな寒さの中でも懸命に咲いているのに踏みつけられたり、誰にも気づいてもらえないままいのちがなくなることがある。ひとつのいのちに変わりはないのに……。気づいてもらえなくてもいい、踏みつけられてもいいと花を開く野花こそ健気で美しいと思った。

こんなに静かで暖かくおだやかな空気・自然溢れる木々に囲まれていると私の今なんてとてもちっぽけなものに思えた。だって、足がなくたって、髪の毛までなくなっちゃって命さえ危なくたって、こんなに幸せな気持ちになれる心があるんだもの。健康・足を手放してしまったけど、その変わりに大切な事を学んだ。

今日の幸せ・おいしい空気、気持ちのいい風……自然の中で幸せを感じられたこと。

この日、大部屋へ戻った。

二〇〇〇年十一月二十九日、いよいよリハビリがスタートした。前回人工骨を入れた時にもお世話になったK先生に再びお世話になる事になった。パワフルで優しくて大好きな先生の元、残った右太ももに包帯を巻く練習から始まった。弾性包帯で巻いて断端の形を作っていく。これをきちんとしないと断端の形状が変わってしまうらしい。形状が固定されないとソケットが合わない為義足がはめられないわけだ。それから、股関節から下が短いため足が屈曲してしまうので寝る時は紐でベッドと断端を縛って固定したり、本を読む時もなるべくうつぶせになって太ももの下に枕を置いて股関節を後ろへ反らす様な体勢をとるように心がけた。

翌日から車椅子は没収され、病院の一番東側にある整形外科病棟から一番西側にあるリハビリ室まで松葉杖で来るように言われた。松葉杖で立つとズボンをはいていても右足がない事はすぐにわかってしまう。この時は、先生はなんて酷な事を言うのだろうと思った。リハビリ室まで一番人通りの多い正面玄関を通り、混みあう各科外来を通り、放射線科の脇を抜けて行かなくてはいけない。どれだけの人の目に晒されるのだろう……。病室ではお見舞いの方に、

「若いのに大変ね」とか、

「どうして切断したの?」とか、

「かわいそうに……」

などと言われた。声をかけて下さった方に悪気はないしこんな言葉を気にしていたら生きていけない事はわかっているのだけど、あの頃の私は人の目・人の反応にすごく敏感になっていた。

切断術をしてから数日個室に引きこもっていた時に心に決めた事がある。

『いつもおしゃれでいよう。

笑顔を絶やさずにいよう。

足がないくらいどうって事ない顔をしていよう。

そして、義足とはわからないくらいきれいな歩容で周りを驚かそう』

まだ、義足が出来上がる前からそんな私をイメージして自分を高めていたはずなのに実際外の世界へ飛び出してみたら周りの反応を気にする自分に負けて私がどんどん小さくなっていった。

一日のうちほとんどがリハビリだったが部屋に居るときはよくエッセイを読んだ。この頃読んでいた本の中に『生き方が死に方』という言葉があった。とても印象に残っている。生き方が死に方……奥の深い言葉。わかりたい様なわかりたくない様な言葉。私もこの病気になってから『生命』についてよく考える。人には必ず寿命があって遅かれ早かれいつかは『死』を迎える。最後はみんな同じ形になるのだ。障がいだって同じ。私のように足を失った人・病気を患った人・車椅子生活を余儀なくされた人・心のバランスを崩してしまった人、など……でも、それらは遅かれ早かれいつかはみんな経験する事だと思う。

私は障がい者・健常者の言葉での隔たりが嫌いです。足がない事をその人が障害と思えばその人は障がい者だろうし、例えば鼻の低い人がそれがコンプレックスで障害と思えばその人だって障がい者と呼んでいいのかもしれない。ただ、国の制度上線引きされているだけで、傍から見て障がいと思うことでも本人が苦と思っていなければそれは障害にはならないのではないか。だから、障がい者・健常者と区別するような言葉があまり好きではないのです。

先日、リハビリを受けながら不思議な事を考えた。リハビリ室は体に様々なハンデを持った方が集まる、その中で五体満足なＰＴが私たちに指導してくださる。障がい者と呼ばれる人・健常者と呼ばれる人様々な姿の人がいるのだから、私のハンデはひとつの個性の様な気がしてしまう。世の中、みんなが障がい者になったら今度は今健常者と呼ばれている方が障がい者になるのではないか……なんて、少し理屈っぽいですね（苦笑）。

二〇〇〇年十二月十一日、再び手術後始めての化学療法が始まった。

〜二〇〇〇年十二月二十四日（日）日記より〜
夕べ夢を見た。夢の中の私も足がなくなっていた。
とても複雑な気持ち。せめて夢の中では自由に歩いていたかったな。

十二月二十六日、熱・嘔吐・倦怠感・食欲全ての体調もゆっくり回復してきたので、ソーシャルワーカーに相談へ行った。手続きの書類関係を終え、ソーシャルワーカーがご自身の持病の話を聞かせてくださった。そして、ご自身も病気をするまでわからなかった患者の気持ちが実際に経験してみて初めてわかるようになった。と話してくださった。抱えている病気は違っても同じように病気と闘ってきた方の前では私も素直に心を開いて悩みを打ち明けることができた。将来の事・退院してからの金銭的な事などこれからの生活に不安を抱えている事。早く何か見つけたい。そう思っている事を話すと、『例えば、仕事に就く事が階段の十段目だとして、現状はまだ一段目も上っていない。それなのに一気に十段目まで上ろうとしても無理。一段一段ゆっくり上っていけばいいじゃないですか』
そのお言葉が、私のモヤモヤした気持ちを目覚めさせてくれた。そうだ！　まだ一段も上っていない。私の一段目は義足をつけて歩ける様になる事、それができたら次の段を考えればいいのだ。そんな当たり前のことも絶望の中で見えなくなっていた。ソーシャルワーカーさんに出会えて良かった。勇気を出して悩みを打ち明ければ必ず手を差し伸べてくれる人は居る。自分の中に溜め込んでいた悩みを口に出して打ち明けることができたら心が少し軽くなった。人は自分の弱さを知って初めて本当に強くなれるものだと知った。

『障がい者』という言葉は、体が不自由で戦場へ行けなかった事を差別する周りの人達により作られた言葉だそうです。差別用語は一般的に普通といわれる方達から作られる言葉。でも、普通って何だろう？　普通を誰が決めるのだろう？　と思う。もし、差別のような古臭いことをしている方がいたとしたら、一人一人の個性を尊重する意識が遅れていると思います。

もちろん、親切にして下さる方がほとんどで、足を悪くしなければ触れなかったたくさんの優しさを感じています。お国の制度のおかげで守られている部分もたくさんあり感謝しています。ただ、身体障がい者には優しい様々な制度やたくさんの方からの優しさが、精神障がい者や内部障がいへも反映されているかというと疑問を感じます。私は見た目で不自由があることをわかってもらえるけれども、外見では理解してもらえない不自由な部分は無理をすることでしか埋まらないのではないかと思うのです。健常者に近づく事でしか生きる術がなく生きづらさを感じながら毎日を送られているのではないかと思う時があります。辛い事を口に出す勇気・辛い事を口に出しても受け入れてもらえる世の中が必要だと思いました。

そういう私も、今でこそ持病やハンデを抱えていてもそれらと上手に付き合っていれば病気でも障がいでもなく一つの個性。と思えるけれども、それまでにはたくさんの葛藤があったわけで……。

＊

『光のない一本道、
私は孤独と闘いながら歩いていた。

たったひとり、がむしゃらに走ったら、
足元の石につまずいて大けがをした。

たったひとり、足元ばかり見て歩いたら、
前が見えなくて道に迷った。

ゆっくり周りを見回しながら進んだら、
私を見守っていてくれる目がある事に気がついて、
それを頼りに歩いたら、
迷わず光を見つけることができた』

〜二〇〇一年一月九日（火）日記より〜

外泊許可が出て、彼が東京タワーへ連れて行ってくれた。年末年始を一緒に過ごせただけで十分だったのに、まだ義足もはめていない私を再入院する前に元気づけるために連れ出してくれた。そんな思いやりがとっても嬉しかった。いつか、もう一度いつも走ってた博子を見たい。と言ったね。本当に毎日走っていたな。

東京タワーが私たちを見下ろしてる。その高さから見たら地上で私たちが生活し、もがき苦しんでる姿はちっぽけなものに見えますか？　病気だ！　切断だ！　と嘆き喚いてる姿は滑稽に見えますか？

一月十五日、治療が再びスタートした。そして、義足の仮合わせをした。

昨年十二月二十五日クリスマスに、義肢さんに足の型取りをして頂いたものが出来上がった。石膏でできた太もも・機械になった膝・足首からつま先はマネキンのよう。仮義足を残された右足にはめてみた。

装着してからは意外にも早く義足を受け入れることができた。これで歩いていくと覚悟が決まり希望に満ちた気持ちで一杯になった。見た目は少しグロテスクな私のあんよだけど、これさえあればすぐに歩ける様になる。そのくらいに義足歩行を簡単に考えていた。

前進あるのみ♪暗闇にパッと光が差した様な気がした。

新しい右足は、『坐骨収納型の吸着式』といい、ソケット（断端にはめ込む型）が坐骨で体重を受けるような形になっている。ソケットの一番下の部分にベンがついていて、そこから空気を抜いて太ももに密着させる。パウダーを右足の太ももに塗り滑りやすくしたら準備はＯＫ。そこにスカーフなど薄手の布を巻きソケットにはめ込み、布をベンから引っ張り出す。そうすることでソケットとソケットにはめた右太ももが吸着するわけだ。ベンにボタンが付いていてそれを押しながら空気を抜き出す。空気が入っていると吸着力が弱まりソケットが外れてしまうのだ（う〜ん……うまく伝わったかなぁ？　説明が下手ですみません）。とにかく、ソケットをはめるのは至難の業なのです。ソケットを装着する事に慣れるまではこの作業に一時間位かかった。やっと装着しても一歩踏み出す瞬間にスポッと抜けてしまう事もあった。もう一度時間をかけてはめ直しても姿勢よく立ってみるとつま先があさっての方を向いていたり、筋肉を挟んでしまったり……その繰り返しだった。

弾性包帯で断端の調整をするのにも本当に苦労をした。義足をはめていない時は弾性包帯で断端の形を作った。包帯を少しでもきつく巻いてしまうと断端が痩せてソケットがゆるくなりすぐに抜けてしまうし、ゆるく巻くと今度は断端がむくみなどで太ってしまい、ソケットに全く入らなくなる。もぉぉぉ〜〜〜！　気は長いほうだと思っていたけどイライラが募る毎日だった。それでも、歩くため！『〜あんよの為ならえんやこ〜ら♪』

二〇〇一年一月十八日、ついに仮義足をつけてのリハビリがスタートした！　三日前に抗がん剤を投与したばかりで体がだるいけど、歩くためだもの♪頑張っちゃうよ〜！（↑気合だけは入っていた）車椅子に乗り左膝の上に仮義足をのせてリハビリ室まで運ぶ。前にも話しましたが、整形外科病棟からリハビリ室までたくさんの方と行き交う訳だから一応仮義足の上にタオルをかけて運ぶが、どうしても足首から下の部分は見えてしまう。車椅子の姉ちゃんが足を左膝に乗せてこいでいる訳だから、義足のつま先が目に入った人は『なんだろう？　えっ？　足がもう一本あんなところから出てる!!』と驚くらしく、二度見するわけです。最初は振り返られると嫌だな。と思っていたけど、だんだんとその反応が面白くなってきて、わざと仮義足をむき出しにしてた事もありました（笑）。

話が脱線しましたが仮義足での初リハビリの話に戻りますと、そんなこんなでやっと運んだ十キロ位ある仮義足を一時間かけてはめ、平行棒につかまり一歩を踏み出した。すると、ブルルルル……ソケットの隙間から空気が入りおならのような音をたてて外れてしまった。再び、リハビリルームの更衣室ではめ直し、平行棒の前に立ってみるとつま先が右十五度位に傾いていて、右足だけ蟹股状態！　再度、更衣室へ行き、やり直して立ち上がってみると、今度は右足だけ内股……。イライラしながらはめ直し、やっとうまくいったので再び平行棒へ行き歩き出すと、またブルルルル……体重をかけている時は肌に吸着しているソケットだけど、義足側の足を前へ出そうと持ち上げるとソケットの隙間から空気が入りおならの様な音をたてて義足が抜けてしまうのです。理屈はわかるし仕方が無いのだけど、その音で周りの視線が私に向けられる、だからって、

「おならじゃないのよ」

なんて言えない……。顔を赤くしてうつむいていると、すかさずPTがフォローしてくれた。私は苦笑いしながらまた車椅子に乗って抜けた仮義足を左膝に乗せ更衣室へ逃げ込んだ。義足歩行を簡単に考えていたが、なかなか一歩が踏み出せない苛立ちと、ソケットをはめることによって傷だらけになった断端に悔しくて涙がこぼれ落ちた。なかなか更衣室から出てこない私を心配してPTのK先生が様子を見に来て下さった。私は泣きっ面で、

「先生、もう嫌になっちゃった……」

するとﾞ、

「まだ始まったばかりじゃない。少しづつ慣れていくよ。一緒にゆっくりやっていこ」

と、優しく背中を押してくれた。

もう一度、抜けませんように……。願いを込めながら時間をかけてきっちり装着し平行棒に立ち歩き出してみた。ゆっくり一歩、また一歩。右、左、右、左……。平行棒につかまりながらだけど歩けたのだ！　嬉しくて嬉しくて振り向いてK先生を見ると、先生も満面の笑みを浮かべてくれていた。嬉しくて平行棒につかまりながら何十往復もした。そしたら、一瞬・本当に一瞬だけど、自分の足で歩いていた頃の感覚が蘇った気がした。ドラマみたいな話だけど、幻肢痛も残っていたからかな？　本当に足があるように思えたのだ。あの感覚は今でもはっきりと覚えている。

調子に乗って今度は松葉杖で歩いてみたい。とPTに伺うと、許可して下さったので恐る恐る平行棒から離れ両手に松葉杖を持って歩いてみた。まず、健足を一歩前へ出す。そこへ義足・両松葉をそろえる。その歩行のしかたでリハビリ室内を何周かするうちに、だんだんとコツが掴めるようになってきた。次は健足にそろえるのではなくて、健足より前へ義足側の足を両松葉杖と同時に出してみた。いけそうなのでそのまま歩いてみた。仮義足も抜けずフィットしていていい感じ♪

「いけそうだね。じゃあ、片方の松葉杖だけついて歩いてみる？」

「はい♪」

右足が義足なので、左手に松葉杖を付きまず健足を一歩出す。さすがに片松葉はまだ怖くてビクビクした歩行になってしまう。でも、一日にしてここまで歩行できたことはとても嬉しかった。その夜は、子供みたいに義足を抱えて眠った（笑）。

十九日、いつもだったら抗がん剤の副作用で投薬後五日はベッドでグッタリしているのだけど、今回の薬はそこまで副作用も強くない。副作用があまり無いのは嬉しい反面、薬が効いていないのではないかと少し不安にもなるけど今の私は歩行に夢中なので、副作用をあまり感じないのかもしれない。やっぱり心と身体は連動している。

二十日、歩きすぎたため断端がやせソケットがゆるくなってしまった。調整のためしばらくソケットをはめられなくなった。弾性包帯は巻かずに少し太ってくるのを待つ事になったので、リハビリを終え午後はベッドでのんびり過ごした。看護師のTさんから借りた『pure』というアルバムを聴いていた。中でも『めぐり逢い』ｂｙアンドレ・ギャニオンの曲が大好き♪　私はこの病気になるまでこんな風にゆっくりとした時間を作っていなかった。自分の心にも身体にも優しくなかった。健康を過信して酷使してばかりいた。体を労わる事もせず、心に耳を傾けることも無かった。だからパンクしたんだね。これからは自分をもっと大切にしよう。

同部屋の向かいのご夫婦を見ているると、羨ましくて微笑ましくて心が和みます。いつも私にも声をかけお話に混ぜて下さるお二人の穏やかな笑顔が素敵。似たもの夫婦？　長年連れ添うとお顔も似てくるのかな？　お二人とも八十歳位かな？　年齢を当てるのが下手だからわからないけど、毎日のようにおじいちゃんがおばあちゃんのお見舞いに来ている。そして、必ず聞くことが、

「夕べは眠れたかい？　飯はちゃんと食べれたかい？」

必ずする事が、おばあちゃんのルームシューズを揃え二人ベッドに並んで座る事。で、窓から外を眺めながらお天気の話をするの。おじいちゃんが帰る時には必ずベッドの布団を整えてあげている。

おばあちゃんに聞いてみた。

「私もおじいちゃんやおばあちゃんの様な素敵な夫婦になりたいな。夫婦円満の秘訣は何ですか？」

そしたら、

「思いやりの心と……必ず一緒に寝ることかな？」

と、ちょっと恥ずかしそうに答えて下さった。

おじいちゃんとおばあちゃんは結婚してから毎日一緒に寝ていたんだって。でも、ある

日おじいちゃんが病気になってしまい入院しなくてはいけなくなったらしいの。おばあちゃんは心配で心配でいつもお見舞いに行った。何日かして、入院中のおじいちゃんがどうしても眠れないって言うんですって。おばあちゃんも同じように眠れなかったそうなんです。おじいちゃんもおばあちゃんも毎日毎日一緒に寝ていたからお互いが居ないと眠れなくなっていたんですね。それで、おじいちゃんの入院している病院へ行きおばあちゃんはベッドのカーテンを閉めて隣に眠ったそうです。そしたら、二人ともぐっすり眠れたんだって。

今度はおばあちゃんが入院しなくてはならなくなってここにいる。本当は二人で一緒に眠りたいんだろうね。だから、毎日、

「眠れたかい？」

っておじいちゃんが聞いて帰るんですね。

とても心が温まる素敵なお話を聞かせてもらいました。私もいつかその位ずっと一緒に居たくなる相手と幸せな結婚ができたなら……と思った。それこそが究極の幸せなんじゃないかと思う。向かいのベッドのおじいちゃんおばあちゃんを見ていると、ご自分にとってかけがえのない方と共に歩まれている事を本当に羨ましく思う。

リハビリも順調で歩行も板についてきた。といっても、やっぱり片松葉杖を突かないと長距離は歩けない。歩容のためにも松葉杖を突いて練習するように指示があった。最近とてもリハビリがハードだ。私の歩行練習を見て担当以外のＰＴもご指導くださるようになり、

「義足使用者は、転んでなんぼだ！　だから、どんな道も転ぶこと覚悟で歩かなきゃいけない！」

「そうだ！　山道を歩くのが一番のリハビリになるぞ！」

「ジャンジャン歩け～！」

などと、熱血教師のような事を言って……下さる。病院内なら仕方がないけど、街で転ぶなんて恥ずかしくて絶対に嫌！　と思っていた。

今思う。歩くことはまさに人生そのもの。

『人生を道に例えてみた。

ゆるい平坦な道。

険しい坂道。
舗装されていないガタガタ道。
歩きづらいぬかるみ。

人生はそのどんな道でも歩いていかなくてはいけない。

転ぶのが怖い。
歩きづらいから歩かない。

そんなわけにいかない。

でも、歩き疲れたら足を止めたっていい。
どうしてもどう頑張っても歩けないその道は
横道にそれたっていい。
そして、歩けるその道を
またゆっくりと歩き出せばいい』

〜二〇〇一年二月六日（火）日記より〜

今日、彼に義足で歩くところを披露した。でも、ダメ出しされ外来終了後人通りがなくなる一階の廊下で特訓した。

「せーの！　一、二、一、二……」

「……。まだ、引きずるように歩いてるからもう少し身体をまっすぐにしてもう一度！」

「一、二、一、二」

「う〜ん……」

「じゃあ、もう一度ね！　一、二、一、二……」

「まだ歩き始めたばかりだから、まぁ、いいんじゃない！」

まったく！　お世辞でもいいからすごいね。とか、がんばったね！　とか言えないのかしら。私には教官がたくさんいて厳しすぎるな。と思いながらもこれまでと変わらず対等に接してくれることがとても嬉しかった。

～二〇〇一年二月十四日（水）日記より～

今日、外出先の駐車場で転んでしまった。とっても悔しかった。いつも歩く時はうつむいて足元に注意しながら歩いているのだけど、小さな石ころの上に義足でのっかっていたらしく、全く気づかずに義足側に体重をかけてしまい膝折れをして転んでしまった。（義足を使っている方にしかわかってもらえない感覚かもしれないけど、何かの上にのっかっていても感覚が無いから分からないので、その事により足部の角度が変わると膝関節がまっすぐ伸びない。私の使っている膝継ぎ手は膝関節がまっすぐの状態で初めて体重がかけられるので、少しでも曲がっていると膝折れを起こしどうしても転んでしまうのだ）まだ転ぶことにも慣れていないので、転んだ状態から立ち上がるのも少し大変だった。

＊

二〇〇一年二月十九日、今回も長くなってしまった入院生活だったが、治療も一段落し、仮義足＋片松葉杖で歩行できるようになったので、退院した。

退院して最初にしたことは免許証の申請手続きだった。足の不自由な私にとって車は必需品だ。右が義足になったので右アクセルが踏めないため、左アクセルに切り替えなくてはならなかった。

運転技能審査を受けるため、モニター画面でデモドライブを行った。（もちろん左足で）

「はい、ではアクセルを踏んで走行してみて」

「はい」

「はい、では速度を四十キロで保った状態で走行を続けて」

「はい」

「はい、ではブレーキを瞬時に踏んでみて」

「はい」

「はい、いいですよ。では、免許証はオートマ普通車に限るということで、書き換えて発行します。原付バイクには乗らないようにしてください」

「ちょっと待ってください。バイクにも乗れると思います」

「……では、そこにあるバイクに乗れますか？」

「はい」

「それでは、右側にバイクが傾いたとします。あなたは右足でバイクを支えることができますか?」

「はい。できます……」(自信のない返事)

やってみた。カクン。義足では踏ん張りのきかない右膝がカクンと膝折れしてしまい、支えることができなかった瞬間、

「はい。無理ですよね。もし、危険があって右足をつかなくてはならなくなったとき無理ですよね。残念ですけど、やはり原付バイクには乗らないようにしてください」

へこんでいる私をよそに、たんたんと事務的な説明をし部屋から出された。

トボトボ歩いていた私に追いついたさっきの教官が、

「残念だったね。でも、車には乗れるんだから、頑張って左足でのペダルの操作を練習してください」

爽やかな笑顔を残して去っていった。

改造車申請方法の説明を受け、早速彼に付き合ってもらい福祉車両店を訪ねた。

私の場合、改造に二つの選択ができ、一つは完全にアクセルを左ペダルで取り付けてしまい、外せない様にするタイプと、健常者も車を共用できるように折りたたみ式にするタイプ。私たちは折りたたみ式を選んだ。私が運転するときは右アクセルペダルの上から左ペダルをつなぐパイプを起こして使う。健常者が運転するときはそのペダルを折りたたん

で使うのだ。（伝わったかな？　ごめんなさい、うまく説明できません……）

教習所で、

「お姉さん、まだ若いのに足を悪くしちゃって大変だね。事故かなんか？」

と声をかけられた。

「あっ……まぁ」

このての話が嫌いで、口を閉ざしてしまった私に変わって彼が答えてくれた。

義足＋片松葉杖で歩行するようになってから、この質問を良く受けるようになった。

「足どうしたの？」

「大変そうだね……かわいそうに……」

心配して頂いていることはわかっている。でも、この頃の私はそっとしておいて欲しい、と思っていた。自分の病気のこともまだ口に出して話すことができずにいたので、

「あ……ちょっと……」

とか、

「怪我をしまして……」

などという言葉でごまかしていた。

かわいそう……大変だね……まだ若いのにね……。そんな言葉に疑問を感じていた。私

はかわいそうなのかな？　同情なんかされたくない！

病気の事を聞かれたくないというのもあったが、人と接することが好きだったはずなのに、彼・家族・友達・医療関係者以外との関わりを避け始めている自分に気が付いた。


改造車ができてきて、彼と私の猛練習が始まった。

まずは近くの公園の駐車場で嫌がる彼を無理やり助手席に乗せて初運転。

「いくよ」

初めて左足でアクセルを踏んでみる。

ブウォーン！　すごい勢いで急発進！　慌ててブレーキを踏み急停車。

驚いた顔で助手席を見ると彼も目を丸くして、体が硬直していた。

「びっくりしたね」

「びっくりしたねじゃないよ！　少しづつゆっくりアクセルを踏まないとだめだろ！」

叱られた。

「わかった。じゃあ、もう一度。行くよ」

……。

……。

今度はゆっくり踏みすぎてなかなか発車できない。

「あのね……」

彼を見ると呆れ顔。

「だって、まだ加減がわからないんだもん」

と、苦笑い。

そんな事を半日しながらなんとかアクセルとブレーキの操作ができるようになり、いざ路上へ出発！　久しぶりの運転は爽快だった。でも、公園での練習でよっぽど怖い思いをしたのか助手席の彼を見るとガチガチに固まっていて、右手はサイドブレーキ、左手はレバーをしっかり握っていた。

数日後、友人が遊びに来たので、私が車を出して出かけることになった。

「じゃ、乗って」

気が付くとみんな後部座席に乗っていて誰も助手席に乗ろうとしない。

道中、車内の話に加わろうとする私に、

「ひろは話しちゃダメ。運転に集中して！」

走行中、話がおかしくて笑う私に、

「ひろは笑っちゃダメ。視界が狭まるでしょう」

私って、そんなに信用がないんだ……と落ち込んでしまった一日でした（笑）。

そんなこんなで切断して一年。二〇〇一年十一月二十一日。余談ですが、足を切断した日は私の第二の誕生日ということで、彼が『星の日』と名づけてくれた。このオペの夜、見上げた夜空の星がすごくきれいだったんだって……。私はこの日を境に生まれ変わったような気持ちでいる。それまで自分の事があまり好きではなかったけど、何不自由なく過ごせていたことがどんなに素晴らしかったか教えてもらえるきっかけになった日だから……。そのことに気づいた私はもう一度やり直せる気がした。

その後の私の足はというと、仮義足に断端もやっと馴染んできた。少し歩きすぎるとソケットのあたる部分が傷になったり、断端がむくんで足が鬱血し紫色になったり、朝は断端がやせていて装具がブカブカで歩き出せなかったり……。大変な事は多々あるけど、何にも変えがたいのはそれでも歩けるということ。だいぶ慣れて一年経った頃には杖もつかずに歩けた。私達のアパートまで足を運び調整して下さった義肢さんに心から感謝しています。

そして、いよいよ本義足作成が始まった。S県総合リハビリテーションセンターにて認定を受けた。私は義足になった事でおしゃれをすることに妥協したくなかった。サンダルだって履きたいし、ブーツだって履きたい。ヒールのついた靴も履きたい。かなりわがままなお願いをして、踵高可変タイプといって、義足の足首の部分にボタンがついていて踵の高さ調整ができるものを希望した。膝関節は、ナブコ社のインテリジェントといってマイクロコンピュータによる遊脚期の自動制御されているもので健足の足の運びをキャッチして義足側も速度を調整できる、それにより自然な大腿義足歩行をすることができる。というものを希望した。

この時、今も大変お世話になっている義肢装具士の小川さんと出会った。

二〇〇一年四月十七日、本義足が完成した。私にとって最高の誕生日プレゼント♪石膏でできたソケットに比べると断然軽いし、なにせコンピューターが制御されているので慣れると運びもスムーズだ。骨組みの周りにはフォームカバーといいスポンジで足の形を作りつけてもらった。脱着は相変わらず大変だったがすぐに慣れた。仮義足よりもソケットがピッタリフィットしたのでかなりスムーズに歩行することができた。

切断してからずっと幻肢痛に悩まされてきた。ビリビリと電気が流れるようにしびれる感覚や、失った部分がかゆくなったり、何かに潰されるような感覚だったり……、夜は眠れないほどこの奇妙な痛みに悩まされることもあった。脳が足の無いことを認知できず起こる痛みだろうから、『もう右足はなくなってしまったんだよ』と繰り返し自分の脳に言い聞かせた。苦しい幻肢痛でもあるが、その感覚のおかげで義足をはめると自分の足が蘇ったのではないかという錯覚を起こすこともあった。

右足を感じながら歩けることが嬉しくて、傷ができても、断端の痛みがあってもなるべく歩いた。たくさん歩いた。だんだん新しい義足にも慣れてきて斜面や石に乗っている事を断端（切断した部分）で感じる事ができるようになっていった。そして、本義足でも杖を使わず歩けるようになった。それでも、人前で転ぶことは何度もあったけど、何度も転んだおかげで人目も気にならなくなった。『慣れ』って本当にすごいと思う。

歩行にもだいぶ自信がついてきたので、退院して三ヶ月経った頃から勉強して取得した医療事務の資格を生かした仕事を探し始めた。面接では病気のこと・足の障がいについて隠さず全てを話した。正社員としての仕事はなかなか見つからず五件目のクリニックでやっとパートとして採用が決まった。私の病気の事も障がいの事も理解したうえで受け入れてもらえたことがとても嬉しかった。クリニックで勤務する方達もとても親切で、私の障がいを受け入れてくれた。私は障がい者としてではなくてみんなと同じように働きたかったので入り作業の掃除も、上がり作業のごみ捨てなど動き回る仕事も全て同じように動いた。笑ってしまったのが、クリニックの受付から診察室は五、六段のちょっとした階段があるのだけど、その階段を行き来する私の姿を見た患者さんに、

「大丈夫？　気をつけてね」

と声をかけてもらえる事が多かった。スタッフの私が励まされてるんだから立場が逆ですよね。患者さんがクリニックから出る時に、

「お大事になさってください」

と声をかけると、

「あなたも、頑張ってね」

という言葉をかけて下さる方もいた。複雑な心境だったけど本当に嬉しかった。闘病中に決めた十段の階段を着実に一段一段上っている実感があった。

次は彼との結婚……かな？

朝起きて、お弁当を作り、彼と一緒に仕事へ出かける。仕事後は彼のリクエストの、夕飯の材料を買いに行く。料理をして彼の帰りを待つ。一緒にビールを飲みながら一日の話をする。やっと掴んだ平凡な幸せ。この生活がずっと続くとこのときの私は信じて疑わなかった。

あれから長い月日が流れ、幸せな毎日がこのままずっと続くと思っていた。

『人はどうして他人と比較してしまうのだろう。
人はどうして幸せを掴んでおけないのだろう。
人はどうして当たり前の事に慣れてしまうのだろう。
人はどうして欲深いものなのだろう。
人はどうして相手に求めてしまうのだろう。
人はどうして強がってしまうのだろう。
人はどうして意地を張ってしまうのだろう。
人はどうして相手を自分のものにしたくなってしまうのだろう。
人はどうして恋をすると周りが見えなくなってしまうのだろう。

愛って何だろう？
愛は簡単になくなってしまうものなの？

絆ってなんだろう？
深い絆でも色褪せて消えてしまうものなの？

思いやりってなんだろう？
相手を思ってばかりじゃ、我慢で心がパンクしそうになるよ。

優しさってなんだろう？
目に見える優しさは重たいものなの？』

もう、二度と彼に逢うことはできないのに、もう戻れないのに二人で過ごした日々が今も私の中で生きている。もう声を聞くこともできなくなった今でもあなたがくれたものは私を束縛し、心を締め付けながらもたくさんの事を教えてくれる。

＊

彼を失ってからの日々は、これまでのどんな経験より辛く苦しかった。心まで壊れてしまいたくないと思うのだけど、想いとは裏腹に何かが音を立てて崩れていく、暗闇で佇む私の心を何者かに抉り取られてしまったような感覚だった。生きる希望も目標も無くしいっそこの世から居なくなってしまいたいとさえ思った。でも、いのちのために必死に闘ってきた日々や、私がこうしている瞬間にも闘っている人がいることを思うと自分で自分を殺めるような事はどうしてもできなかった。まるで死の中を生きているようだった。

乾ききった心・抜け殻になった身体を抱え自分だけの居場所を探し始めた。障がいを負ってから一人で生活するのは初めてだったけど、彼との思い出を全て断ちたかったので新しい環境に身をおくことにためらいは無かった。

しかし、障がい者手帳を持つ私が部屋を借りるのは大変だった。まず、不動産屋に事情を話すと身内を連れてくるように言われた。父に頼んで同行してもらい物件を巡った。足を悪くする前と違って、足の悪い私が生活できる物件を探すのにいくつか条件があったので以前とは選ぶ視点が違う。まず、荷物を持って移動するのが困難なので一階にした。雨の日（杖を付いているので荷物を持つと傘がさせない）・雪の日（義足が滑ってしまい歩行困難）でも移動できるように近くに駐車場のある場所を。布団も干せるようにベランダへ出やすい物件。室内はバリアフリーを。浴槽へまたいで入る事ができないので浴槽の淵に腰をかけられるスペースのあるものを選んだ。

住めば都。狭い部屋だったけど掃除の事を思えば楽だし、通りに面していて雑音がうるさかったけどシーンと静まり返ったところに一人でいるよりは寂しくなかった。買い物も重くて持てないときはカート付のバッグに詰め込み移動できたし、雪の上も歩行できるように北海道の友人なおみさんがプレゼントしてくれた雪用のシューズと、杖につける脱着のできる雪用ステッキを作って歩行することができた。入浴中に浴室で滑って転んでしまった時は友人いづみが手すりを付けてくれた。洗濯物をベランダまで運ぶのにキッチンを通ったとき梅酒をつけておいた大きな瓶で健足をざっくり切創してしまい血の海になった時には歩けない上、携帯を取りにいく事もできず大変な思いをした事もあったりと、生活する上でのハプニングは多々あったけど、知恵を絞れば何とかなった。

でも、別れてからどんどん広がる心の大きな穴はどうにもならなかった。寂しさを隠せず、空元気にも疲れてしまい人と距離を持った。電話に出ることが出来なくなった。メールの文章がまとまらず、なかなか返信できなかった。抑えきれない程の心の叫びはあるのに、口に出して伝える事ができなかった。こんなとき、いつも『誰か助けて』と心の中で叫ぶ。そんな心が身体にバリアを張るように見えない壁となりどんどん周りとの距離を広げていった。

何もしたくないのにじっとしていられない……一人になると余計な事を考えてしまうので仕事が休みの日はアーチェリーをしたり、手話サークルへ入ったり、障がい者も健常者も共用できる交流センターで水泳をしたりした。とにかく、何かしていないと頭がおかしくなりそうで、必死に時間を埋めて何も考えないようにしていた。今でも家族の様に親切にして下さる手話サークルで知り合った栗原さん・小島さんファミリー達……、ボランティアで水泳を教えて下さった泉さんと出会ったのもこの頃だった。

水泳は私を支えてくれる。といってもかっこよく泳げるわけではなく、私の水泳歴といったら自慢できるのは小学校高学年の頃、水泳検定で特一級をとった事位だった。でも何故だか水泳をしたくなり泳ぎ始めた。しかし、右足のない体でバランスをとるのが大変で体がクルクル回ってしまい上手く浮くこともできない。まっすぐ泳ぎたくてもくるりと横回転して、クロールでスタートしたのにいつの間にか背泳ぎになってたり……（笑）。片足でバタ足をするからどんどん横に逸れて行ってしまったり……（笑）。基礎に戻って、だるま浮き・伏せ浮き・け伸びの練習から始めた。体力も筋力も相当落ちていたので少し泳ぐと咳が止まらなくなり水中での咳が苦しくなって立ち上がるものだから、周りから見た

ら溺れている様にしか見えなかったらしく、親しくなったスタッフに、

「今日も水遊びかい！」

とか、

「進んでないぞー！」

なんて、冗談を言ってからかわれたりもした（笑）。

そんな辛口のお陰で私なりに練習し、第十回全国障害者スポーツ大会ではメダルをもらってきました♪


泳げるようになった時、大会で自己新記録を出せた時、おいしいお店を見つけたときも、きれいな景色を見た時も嬉しいこと感動したことがあると真っ先に報告したり見せたくなる人はもう隣に居ない。嬉しい事も、楽しい事も寂しさに変わってしまうなら感情なんて持ちたくない。一人の人生なんて意味がないと思った。

『人が生まれることには意味がある
人は課せられた使命を探しながら生きていく

私は何のために生まれてきたのだろう
私が行くべきところはどこだろう
私が求めることは何だろう
私は何のためにここに居るのだろう
私の居場所はどこだろう

本当の私をもっと知りたい』

＊

二年の月日が流れ、少しずつ気持ちに整理がついたかな。と思った矢先。二〇〇三年五月六日の定期検診で、前回の手術で残った右足の太ももに再発の疑いがあるということで再入院することになった。食欲もあり特に自覚症状のようなものはなかった。ただ、残った右大腿部の熱感と違和感は今思えばあった気がするが、その頃は義足で足を圧迫するためそのことによる痛みかとあまり気に留めていなかった。

これまでもたくさんの試練を乗り越えてきたのに、神はまだ私を試そうとする。また再発という言葉を聞いた時はショックを通り越して、もうどうでもよい様な気持ちでいた。ただ、その事を家族にどう伝えたらいいのかわからなかった。診察室を出てからも家族に私の口からどう伝えればいいか……という事ばかりを考えていた。アドバイスも答えもいらないから、ただ、今の気持ちを吐き出せる場所がほしかった。

病院からアパートまでの道も家族に告知するための言葉を選んでいた。どう報告しようか悩める家族が居るのはまだ幸せなことかもしれない。単身で身寄りのない方は、告知を受けた時・ターミナル（終末期）を迎えたときに突きつけられた十字架を抱えどのように過ごされるのだろう……。たくさんの心の葛藤をどのように消化していくのだろう？　まるで、再発が人事のように思えてきて……人事のように思いたくて、私はそんな事を考えていた。

数日後、隠し通せるはずがないので実家へ行き重い口を開いた。あんなに考えたのに出た言葉は、

「また再発かもしれないって……」

他の事を考えることで気持ちを紛らわしていたが、その言葉を口にした途端心が闇で襲われていくのを実感した。泣き出した母を見て、突きつけられた現実から逃げられないことを感じた。もうダメかもという気持ちの反面、母の涙を見たとき家族のためにも絶対に死ねない！　と、自分の体内でつくられた病気なのだから自分の持つ力で治せるはず！治してみせる！　と身体の奥のほうから漲る力を感じていた。

それから、友人にも協力してもらいインターネットやテレビ・本などで情報を集めた。東洋医学についても調べた。腫瘍が消えたという事を聞けばそれを実践した。頭の中で悪い細胞が消えていくイメージトレーニングをしたり、絶対に大丈夫。絶対に負けないと自分に言い聞かせて気持ちを強く持つようにした。人は、どんな苦しみの中でも生きていく術を見つける力を持っていることを実感した。

大自然のきれいな空気を吸ったり、笑いは免疫力を上げると聞けば笑える心境ではなくてもお笑い番組などを見ておおげさに笑ってみたり、秋田の玉川温泉でがん細胞が消えた。と聞けば慌てて訪れた。

友人が調べてくれた情報の中で、ラジウム温泉でがん細胞が消える、万座温泉の温泉水にもラジウムが含まれている、ということで早速出かけたときのエピソード。方向音痴の二人なのに車で出かけたから珍道中。朝早く出かけたのに、何とか辿り着いたときにはもう日が傾いていた。山奥にある露天風呂で、脱衣場から浴槽まで百メートル位の廊下になっている面白い設計の建物だった。脱衣場で義足を外し、友人の手を借りて片足ケンケンでやっと浴槽に辿り着いた。そして効能の説明書きを読んでみた……が、ラジウム温泉の事が載っていない。バスタオルを巻きケンケンでスタッフのところまで確認へ行くと男女日替わりで温泉水を変えているらしく、その日は男湯がラジウム温泉だった。でも、ここで諦めて帰る私たちではなく意を決して男湯に入り込むことにした。恐る恐る男湯のドアを開けると幸い誰も居なかった、

「よし！」

二人で、ハラハラドキドキしながら男湯に入り込んだ。そして、患部をなでながらどうか悪性の腫瘍が消えますように……と何度も唱えた。そこに、男性二人組みが入浴してきた。私たちは、

「ごめんなさい！」

と言いながら、大慌てで男湯を退室した。

男性二人組にとっては何が何だか……？？？な出来事だっただろうな（笑）。グラマーな友人と、片足で丸裸の私がピョコタンピョコタン歩きながら男湯を去っていく後姿を想像したら……（爆笑）。あの時の経験のおかげか（？）人目を気にせず温泉に入ることができるようになりました。

二〇〇三年五月十九日（月）。私はZ医科大学附属病院に再再再入院となった。

翌日、五月二十日（火）。バイオプシーの検査手術。毎週火曜日には会いに来てくれていた彼が訪れるはずもなく……。やっと整理した気持ちだったのに病院の景色が思い出させる。病院の廊下を通れば一緒に歩行練習した時のこと・庭へ出れば一緒に見上げた夕日・病室も正面玄関もトイレまで全てが、彼と一緒に闘った思い出の場所に変わっていた。どこへ居ても思い出してしまう材料が多すぎて、涙が込み上げてきた。悲劇のヒロインになっている場合じゃない。これから病気と闘うのだから……。頭ではわかっているのにどうして私の頭は心と一致しないのだろう？　辛い日々の始まりだった。

二〇〇三年五月二十三日（金）。バイオプシーの検査結果が出て再発と認められた。術式の説明があり股関節から離断することになった。股離断用の義足はウエストに巻きつけてぶら下げるタイプのもので、腰を使い骨盤を振って一歩を前へ出す歩行になるそうだ。口頭での説明では想像しづらく、あまり実感が湧かなかったがとても大変な歩行になることだけはよくわかった。股義足をつけての歩行はとても困難でほとんどの方が義足は装着せずに松葉杖で歩行するらしい。この時も一人で説明を受けた。再発だったという絶望感で気が動転していながらも、一生懸命冷静を装って話に耳を傾けなくてはいけない。先生に聞きたいことはたくさんあるのに、淡々と説明される術式や治療の事。それこそ心も頭もついていけない。ショックが大きすぎて質問もまとまらない。ただ、わかったことは何度も化学療法してきたのに、次々と再発や転移を繰り返しているということは、私の体を蝕む悪性腫瘍の持つ性質をたたく薬がもうないということだった。

今度は薬に関する情報を集めようと、再び友人にも協力してもらい数週間にわたって国内・海外で骨肉腫に使われている抗がん剤について調べた。そして、担当医に質問を投げかけた。今思うととても厄介な患者なのだけどそのときはとにかく必死だった。というより、生きることに対して意地になっていたようにも思う。担当医は嫌な顔ひとつせずに、まだ日本でも認可の下りていない薬についても丁寧に説明してくださった。国内で骨肉腫に使われているとされる抗がん剤の中でも使っていないものがいくつかあったが、薬名が違うだけで似た成分のものばかりだった。それぞれが違う顔をもつ悪性腫瘍で私のものには効かないとされるものばかりだった。また、海外で使用されている薬も何種類かあり自費で購入すれば治療に使用するのも可能らしいが、副作用が出たときに対処するのが難しいとの事だった。結局、新薬で私に合う薬は無くこれまで使ってきた薬の中から再度化学治療をすることが決まった。

また手術、そして治療。私は何のために生まれてきたのだろう。何の罰を受けているのだろう。止まない雨はないなどと言うけど、止んでもすぐに打ち付ける冷たい雨をしのぐ方法が見つからなかった。私はこんな病気になるために生まれてきたわけではない！　こんなに苦しい思いをするために生きているわけではない！　押しつぶされそうな思いから逃れるように一時退院した。

アパートに一人で居ると余計なことまで考えてしまうので、手術入院までまた水泳に没頭した。家族や友人の前では平気な振りをしていた。無理をして自分を隠すことでしか対等に周りの人たちと付き合う方法を知らなかった。でも、空元気にも限界があって優しい言葉をかけられると気がゆるみ涙が溢れてしまう。

そのうちそんな自分にも疲れてしまい人を避けるようになった。だから周りとの溝も深まる一方。一人でいたくない。でも心は開けない話したくないという矛盾した気持ちから壁がどんどん厚くなり知り合いに声をかけてもらっても一言二言交わすと逃げるようにその場を立ち去るようになっていた。でも、水泳へ行くのは辞めなかった。その時の私は休む事さえできなかった。

まだまだ私は弱虫だ。心に傷を受けたときに怒ったり泣いたりして感情を外へ出せるうちはまだいいのかもしれない。本当に辛い時は辛い気持ちを人に話せなくなる。そして心が壊れそうな音を聞いたとき、人はじっとしていられなくなり動いていないと怖くなる。私に差し伸べてくれる手はたくさんあるのに誰にも心を開けずにいた。カサカサな心は言葉にとげを作る。嫌な自分で人と接するとますます自己嫌悪に陥る。自分を嫌いになりたくない。

『一人で居るときの私。
二人で居るときの私。
どっちが本当の私だろう。

自分で自分を支えている。
強さという仮面をかぶって、
見えないバリアを張り自分を守る。
凛として揺るぎない強さ。
頼らない強さ。

誰かと心を支えあう。
弱さもさらけ出し、
心の壁を取り払い、

肩の力を抜いて、
誰かに身を委ねる強さ。
甘えられる強さ。

一人で居るときの私。
二人で居るときの私。
どっちが本当の私だろう』

二〇〇三年六月十日（火）。右股関節離断の手術が行われた。

術式についてはあらかじめ詳しく説明を受けていた。座位がとれるように太ももの後ろの筋肉と皮膚を前までもってきて股関節を覆い形を作るとの事だった。麻酔から目覚めたときの私の状態は説明で想像できた。何度も経験しているので術後の合併症や副作用についてもよくわかっている。それでも、手術は何度経験しても慣れるものではない……。

およそ六時間の手術後、いつもの様にひどい寒気に襲われ何枚も毛布をかけてもらった。痛みも伴った。それから、再び眠れない夜が続いた。軽い睡眠導入剤と安定剤を処方してもらい眠る夜が続いた。食欲もあまりなかったけど、食べないと傷口がふさがらないので味も感じられない食事を無理に口に運んだ。再び心が不安定になっていくことがわかった。

共通の友人に私の再入院を聞いた元彼から、何度も連絡があった。本当は「会いたい」って素直に言いたかった。でも、彼から身を引いた私は拒否し続けた。その事も私の不安定な心に拍車をかけ、コントロールするのが難しくバランスをとることができなくなっていた。動いてもいいという許可が出ると、点滴棒を抱えすぐに車椅子に飛び乗り外へ出かけた。手術後の傷の痛みにももう慣れている。右足がごっそりなくなってしまったことへのショックはあまりなかった。むしろ、中途半端に残っているよりもすっきりしたという気持ちにさえなっていた。涙ももう出ない。そのくらい、手術後の足の傷よりも心のほうが苦しくてたまらなかったのだ。何も感じないように心をカチカチに冷凍させることでしか自分を守れなかったのかもしれない。閉鎖された部屋に居ると底なし沼から這い上がれなくなる気がして時間を見ては外へ飛び出していた。ずっと側で見守ってくれている幼馴染の明子は入院中何度もお見舞いに来てくれた。

明子へ

明子、いつもありがとう。ありがとうって言葉じゃ足りないくらい感謝しています。気がつけば明子とは約二十五年もの付き合いだね。こんな私を支えてくれてありがとう。子供の頃は一緒にフットベースの練習をしたり、エレクトーンを弾いたり、好きな人の家へ遊びに行ったり……。

罹患してからも旅行に誘ってくれたり、切断してエレクトーンができない……と落ち込んでいた私にピアノをプレゼントしてくれたり、私の大好きな花火大会を調べて連れて行ってくれたり……。温かい言葉や何かあるとすぐに駆けつけてくれる優しさ……私がどんな状態の時も変わらず接してくれる事がどんなにありがたい事か……。あの頃はこんな未来が来るなんて想像もしてなかったよ。恋愛の事・進路の事・友達関係の事……いろんな話をしながら共に成長してきたのに、今は全く違う道を歩んでいるね。それぞれの道で見つけた事を報告し合える関係でいられたら嬉しいです。

私が嬉しい時は共に喜び、悲しい時は一緒に涙を流してくれる明子が居てくれて本当に良かった。

「私って、周りの人と姿は変わってしまっても、片足で踏ん張って立っている…まるでフラミンゴ（紅鶴）みたいでしょ？（笑）」

と、笑って話せる今があるのも明子達のおかげです♪　ありがとう。

二〇〇三年六月二十一日、抜糸を済ませた日、水泳を教えて下さっていた泉さんと、水泳仲間の天沼君がお見舞いに来てくれた。泉さんはS総合リハビリテーションセンターでPTをされている方で、リハビリをそこで受けないかと誘ってくれた。

それまでずっとお世話になっていたK先生に相談したところ、私の意志を認めてくださって化学療法終了まではZ医科大学附属病院でリハビリを受け、その後はS総合リハビリテーションセンターでのリハビリを許可して下さった。

それから、私は一心不乱にリハビリに取り組んだ。昼は筋トレ・松葉杖での歩行練習、病棟へ戻れば廊下を何十往復もした。

夜は消灯時間ギリギリまで患者さんとデールームのテーブルを囲みレクレーションをした。入院生活を楽しみましょう。という気持ちで始めたレクレーションだったけど、看護師さんから見たら騒がしい手のかかる患者だったのだろうな……(反省)。かなりの不良患者で、今回の入院で知り合った歳の近い仲間と、院内で夜景のきれいに見える棟に忍び込んだり、治療中で大切な薬を投与し時間も量もきっちり決められているにも関わらず、院内をフラフラ飛び回っていた。……徘徊という言葉がふさわしいかもしれない。夜もベッドには戻らずデールームでのレクレーションに参加していた。副作用で高熱があっても吐き気があっても顔がムーンフェイスに腫れ上がってもおとなしくしていなかった。それまで使っていた義足は使えないので足のない状態だったけど気にすることなくお見舞いに来てくれた友達と外出したり、土日・治療のないときは外出・外泊をして自ら運転してあちこち出歩いた。まるで反抗期を迎えた子供のようだった。当時関わって下さった看護師さん、じっとしていると自分が壊れてしまいそうで怖かったのです……なんて、言い訳しちゃいますけど、本当にごめんなさい。

動いていたい気持ちとは裏腹に、白血球が下がると無菌室に隔離された。一人の時間には死への恐怖・将来への不安と向き合わなければならなかった。

治療による副作用も免疫ができたのかこれまでに比べてそんなにひどくはない。脱毛だって、また生えてくる事を知っているから怖くない。むしろ、髪の毛を洗ったりブローする時間がはぶけて楽チン楽チン♪そう思えたのも、これまでず～っと応援してくれた家族・友人の存在はもちろんの事、水泳に通っていた交流センターで知り合った大塚さんと飯塚さんが毎日送ってくださったメールでのエールが大きな力を与えてくれた。笑える楽しいメール。今でも、印象に残っているのが大塚さんが下さったメール。

〜メールの一部より〜

博子：〜ついにまた脱毛。何度経験してもやっぱりショック……（泣）〜

大塚さん：〜俺は知っている。脱毛してもまた生えてくることを……。俺はどうするんじゃい！〜

大塚さんのメールはいつもそっけなくて一言・二言……ひどい時は、吐き気が苦しいという私のメールに「ん！」って一言しか返事がないのに、どうしてだろう？　すごくさっぱりした気持ちにさせてくれた。どんなに重い話を持ちかけてもさっぱり受け流してくれる大塚さんだったから、逆にどんな事でも話せたし、とても心を軽くしてくださる存在だった。私がどんな事を言っても毎日メールを下さる優しさにどれだけ心救われたかしれません。

これまで同様、化学療法が六クール行われた。これまでも副作用の苦しみに耐えてきたから脱毛にも吐き気にも倦怠感にも慣れていた。しかし、最も辛かったのが治療で硬くなった血管に点滴の針が入らないことだった。ベテランドクターにお願いしても五・六回刺しなおすのは当たり前で、酷いときは片腕六針・逆の腕七針。それでもダメで足の甲でルートを取ったりした。整形外科医・看護師さんみんなお手上げで私の点滴ルート確保のためだけに隣の棟からドクターが来てくださったこともあった。腕にやっと入っても細い針のため、少し動かすとすぐに抜けてしまう。医師・看護師泣かせの血管になってしまった。今回の化学療法でも点滴は二十四時間を三日間。食事ができるようになったら点滴から離れられた。

治療の初日のこと。やっと成功した点滴を大切になるべく刺してある部分は動かさないように過ごした。夜までもったので一安心して消灯を迎えいつの間にか深い眠りについていた。すると、耳元で声が聞こえてきた。私が目を開けてみると、寝ている間に点滴が終わり逆血していた。しかも点滴の針も抜けていてシーツが血液で真っ赤に染まっていた。それでも気づかず寝ていた私は結構神経が図太いのかもしれない。その晩から、シーネと包帯でルートをとった私の腕は固定されるようになったのです。

朝、目が覚めると廊下で松葉杖をつく音が聞こえる。コツコツ……。この時の入院では、珍しく切断者が多く私を含めて四人いた。歳も近いし同じ痛みがわかる者同士親しくなるのに時間はかからなかった。澤村君と小林君の松葉杖歩行が始まり朝も廊下で練習していたのだ。

朝に弱い私は起床のアナウンスと音楽さえも子守唄にしてしまうほど目覚めが悪い。松葉杖を突く音が、「いつまで寝てんだよ。一緒にリハビリするぞ〜」という音に聞こえるけど身体を起こすことができない。

コツコツ……コツコツ……そして、急に音が止まった。どうしたんだろう？ 薄目を開けてみると、澤村君が廊下からベッドでぐずぐずしている私に向かって出て来いって合図してる。しぶしぶ廊下へ出て眠たい目をこすりながら歩行練習をした。三百メートルくらいある廊下を松葉杖をついて行ったり来たり……。点滴を外して数日してから副作用のひどくなる私にとって過酷な朝トレだったけど、彼たちは私が何の治療をしているか知らないので一緒に頑張ろうぜ！ というメッセージを伝えてくれる。最初のうちはしぶしぶ参加していた朝のトレーニングがだんだん楽しくなってきた。

白血球が下がり無菌室に入った時も、外へ出られない私を個室のドアについているガラス越しから応援してくれたり、大好きな甘いものを差し入れしてくれたり、退屈しないようにCDを貸してくれたりした。朝はトレーニングする松葉杖を突く音や、車椅子で廊下を通る音が聞こえて私も頑張らなくちゃととても励まされました。澤村くん、小林くん、さえちゃん、ありがとう！ 筋トレする私に向かっていつもアニマル濱口みたいに、「気合だぁ〜！」って励ましてくれていた言葉が今でも聞こえてきそうです。

それから、同部屋でいつも元気を分けて下さった山下さん、お元気ですか？

二〇〇三年八月二十三日、今回の治療を終えて私はZ医科大学附属病院を退院した。

辛い思い出ばかりの病院を、今となっては心温まる楽しい思い出に変えてくれた仲間に出会えたのも病気のおかげです。病気により失うものは多いけど、得たこともたくさんあった入院生活でした。

今、こうして生きていられるのは奇跡に近い事なのですよね。決して当たり前ではない。多くの方達の支えがあったから私はこうしてここに居る。決して忘れてはいけない事です。


一時退院中、最も支えて下さったのは渡辺さんご夫婦でした。渡辺さんは私が初めて就職した会社の上司で、辞めてからも相談に乗って下さったり時には身内のように叱咤激励して下さるお父さん的存在の方です。そんな私を見守って下さるのが奥さんの渡辺ママさんです。自分を見失うとストレートなアドバイスを下さる渡辺さん宅へお邪魔していた。心ゆくまで話を聞いて下さる温かい渡辺宅で家族のように温かい時間を頂いていました。

そして最初勤めた会社で知り合った呑み仲間ののりちゃん、まこさん、ちなさん、にしやん、かつらさん、ゆうちゃん、はまちゃん。みんなと居るだけでとても楽しいです。い

つもありがとう♪

二〇〇三年八月二十九日、泉さんに紹介していただいたS総合リハビリテーションセンターにリハビリ目的で入院した。これからが私の本当の闘いだ！　がんばらなくちゃ！

ずっとZ医科大学附属病院でお世話になっていたので新しい場所で受け入れてもらえるかとても不安だったけど、担当の看護師さんがとても親切で気さくな方だったので不安な気持ちもすぐにほぐれた。S総合リハビリセンターの整形外科病棟は二人部屋が多く、最初同部屋だったのは年配の方だった。でも、翌日に退院されたのであまりお話はできなかった。

次に同部屋でお世話になったHさんは、サッカーが大好きなとてもパワフルな方で夕飯が終わると即観戦の準備。Sリハには個々にテレビがついていないので、各病棟に一台ずつ設置されているデールームのテレビをみんなで見た。チャンネル権は早く取った者勝ち。ただし、年上の方や先に入院していた先輩には譲らなくてはいけないルールが暗黙の了解だった。そんな競争率の高い中、サッカーはみんな興味があり盛り上がる番組だったので争いもなく楽しんで観戦できた。私もよくHさんと観戦したけど、サッカーよりも観戦しているHさんを見ている方がおもしろかった。最初は病院だから……という事で、おとなしく黙って観ているのだけどそのうち抱えているクッションを叩きだすの。で、ミスを見るとチッと舌打ち。でも、だんだんとゲームの盛り上がりと共に私達もエキサイトし始めて押さえきれなくなり、小声で、

「いけいけ！（小）」

と始まるんだけど、点数が入りそうになるともうがまんできなくて、

「いけいけ！　〇〇！　それ〜！　いけいけいけいけ〜!!」

と、だんだん声が大きくなり点数が入ったら病院という事も忘れてみんなでパチパチパチ。

でも、病院だったという事で我に返るとまた控えめに応援を始めるの。試合が終わってからも気がつくと十人くらい集まっていた患者さん同士であの選手のあのプレーがいけなかっただの、あそこでパスしてれば……とかあのシュートはきれいだったとまるで評論家の様に語ること一時間。やっと部屋に戻っても消灯時間まで選手の説明と試合の反省点がHさんの口から語られる。そんなHさんがおもしろくてかわいくて、私も一生懸命話を聞くから終わらないんだよね……。なつかしいなぁ。Hさん、お元気かな？

次に同部屋でお世話になったのが和香美さん。ここでの入院生活では同部屋で過ごした時間が一番長かった、以前看護師をされていた和香美さん。たくさんの話を聞いて頂き、

また相談にも乗ってもらった。そして、公務員試験を絶対に受けた方がいいと資料まで持ってきて下さった。勉強嫌いな私だったけど、テレビも無い部屋でやることもないのでその気になって勉強したっけな。でも、頭を抱える問題が多くて勉強の合間にしていた編み物がいつの間にか一日のメインになっていたりした。それでも県リハを退院してからダメ元で試験を受けました。結果、一次試験の筆記に受かったが二次試験で落ちてしまいました。世間は厳しい……。というか、私が甘かったんですよね（苦笑）。退院後プレゼントして下さった北海道旅行が私の活動の原点になりました。ありがとうございました。

食堂で隣の席になった西井さん。美容師をされているとてもユニークな西井さん。看護師さんの目を盗んでコーヒーメーカーでコーヒーを落としては、やっぱりコーヒーの好きな私達に差し入れをしてくれた。経験豊富で話上手な西井さんにいろいろな事を教えてもらいました。県リハでもバンダナを巻いたりキャップをかぶったりして過ごしていた私が脱毛している事を知った西井さんは、美容院へ行きたいだろうと自らはさみを持って抜けずに残った髪の毛をカットしてくださいました。思わず泣いてしまった私と一緒に泣いてくれました。

ここでもたくさんの温かい方達と出会い支えてもらいながら入院生活を過ごした。肝心のリハビリでも、ＰＴ・義肢さんとっても温かく思いやりあふれるご指導を頂いた。まずリハビリ担当のM先生に感動したのが、私と共に片足（ケン）で同じトレーニングをして下さった事です。新しい義足ができるまでは筋肉トレーニング・バランス感覚のトレーニング・松葉杖をついての体力づくりがメインだった。マンツーマンでご指導いただき、半日ミッチリリハビリをした。筋トレの時も松葉杖歩行の時もM先生は私に合わせてずっと片足で過ごして下さった。リハビリをしてはまた手術で状態が変わり、またリハビリでやっと新しい足にも慣れたと思うとまた手術……そんな状態に嫌気をさしていたので、共に頑張ろうと言葉だけでは無く行動でも発して下さったM先生のリハビリが無かったら、もしかしたら股義足での歩行を諦めていたかもしれない。現に、過去二名の股離断患者さんとお話させてもらったけれどもお二人とも重たく、思うように歩けず、骨盤は曲がる、腰痛は伴う股義足での歩行は困難でほとんど義足は利用していない……。との事だった。そのお話を聞いて、私も半分は義足歩行を諦めかけていた。反面、だったら私は歩いてみせる！　という強気な想いを後押しして下さったのがM先生だった。

二〇〇三年九月十日、新しい私の足、仮義足ができてきた。今度は右足二箇所の関節が無いのでウエストに義足を巻きつけ（マジックテープで固定）、足をぶら下げるタイプのものだった。カナディアン式股義足といいソケットは断端末から骨盤までヒップ全体を包み込む形をしていて義足の安定と懸吊を図るもの。再び新しい足を頂き歩ける希望が持てたことはとても嬉しかった。義足認定会で、私に合う義足を……ということで、膝継ぎ手を全種類試させてくださり、希望にそうようにと作成時にもユーザーの意見を取り入れながら進めてくださった。

でも、この義足を初めてはめた時はとても複雑な心境だった。この足で本当に歩けるようになるのか……。締め付けるウエストは着物の帯をぎゅっと締め付けているようで、義足をはめている間はずっとこの締め付けられる違和感に耐えなくてはいけない。重さは七キロ位あって引きずってしまうほど重たい。嫌で嫌でたまらなかった。脱着は大腿義足よりもかなり楽なのだけど、ウエストからぶら下げた足をどう前へ持っていっていいのかわからなかった。腰で振ってみても義足の右足は前へ出ないし、骨盤の前後運動しながら前へ出すと指導してもらってもうまくできない。体重を義足側に乗せられれば股継ぎ手のイールディングが利いて右足が股関節から前へ出るらしいのだけど三関節ともない足に体重をかけるのは怖くて出来なかった。イラツキを隠せないままその日のリハビリは終了した。

気分転換したいときはいつも屋上へ行き寝転がって青空を仰いだ。義足ができてきて歩行練習に入ってからは青空を見ては途方に暮れ、ため息ばかりついていた。仮義足での歩行練習が始まって一週間経ってもウエストを締め付ける義足に慣れることもできないし、一歩を踏み出す事がなかなかできない。なんとか平行棒に掴まりながらなら義足側に体重をかけられるようになったが、怖くて平行棒から出る事も出来ない。理屈では解っていてもなかなか思うようにいかなくてストレスばかりが募った。こんな足で歩くのは絶対に無理だ。この先ずっとこの足で過ごすのかと思うと先が思いやられた。義足ができてくる前は、またきっときれいに歩いてみせる！　とスムーズに歩く自分をイメージトレーニングしていたけど、現実とのギャップに深く落ち込んだ。思うようにいかないもどかしさで気持ちも荒み、『どうして歩くためにこんなに苦労しなくちゃいけないんだろう。みんなが当たり前にしている事のためにこんなに苦しまなくてはいけないなんて辛い……』という思いでいっぱいだった。普段は義足で歩行ができないので両松葉で過ごしたのだけど、両手がふさがると不便が多い。健足があるのだから車椅子に頼りたくはなかったので、その分人の手を借りなくてはいけない事も増えた。食事の後のお膳を下げる事も出来ないし、物を運びたくても持てないから人に頼まなくてはいけない。歩きたいのに歩けない。大腿切断をし、懸命にリハビリをしてやっと自立した生活ができたところだったのに、また振り出し……振り出し以下の状態になってしまった事への苛立ち・人の手を煩わせなくては身の回りの事もできない自分への腹立たしさ。周りの方は親切で手を貸して下さるのだけど、今まで出来ていたことができなくなった事で虚しさを覚え、「すみません」とか、「ありがとうございます」「ありがとうございました」と言うのさえ苦痛に感じていた。

極度のストレスを感じたので外泊を希望し、しばらくアパートへ戻る事にした。そして、一人になり泣きたいだけ泣いた。彼と別れて号泣した時に、もう泣かない！　と決めていたけど心ゆくまで泣いたらなんだかすっきりした。私はきっと泣きたかったのだ。『泣く』という行為は涙と共にストレスも流れ出るらしいのでストレス発散にもなる。感情を解放することも大切だということを改めて感じた。泣いた後はスッキリするし不思議と気持ちに整理がつく。日本人は、感情を表に出さずに冷静でいる事、言ってもいい事と悪い事を判断できることが大人とみなされている。しかし、アメリカではきちんと自分の意見を口に出し、感情を表現できる事が大人とみなされているらしい。どちらがいいかはわからないけど、大人とか子供とか関係なく、人は皆感情を持っているのだからそれを抑圧することはないのではないかと思う。本当に辛くてどうしようもない時はその気持ちを口に出して弱音を吐いたっていいのだと思う。

外泊中に交流センターへ水泳をするため出かけた時のこと。車イスに乗った方が床に物を落としてしまい、拾うのに苦労していた。私は咄嗟にそれを拾い渡すと、「ありがとうございます。助かりました」

と、爽やかな笑顔と言葉をくれた。

その時ハッとした。私はいつの間にか人の手を貸りるばかりで、自分で誰かのために何かをしようとしていなかった。誰かの役に立てた時にかけてもらえる「ありがとう」という言葉はこんなに温かくて気持ちのいいものなのだ。ありがとうと言ってばかりでその言葉を苦痛にさえ思っていた私が、『ありがとう』という言葉をもらえたのは久しぶりだったのでとても温かい気持ちになった。病気になるまで何気なく使っていた言葉で、この一言についてこんなに考えたことは無かったが、『ありがとう』という言葉の重さ・深さを知った時私にとって大切な言葉に変わった。何気なくサラッと使える『ありがとう』。ありがとうと簡単に一言で済ませたくない……でも、他にこれ以上の言葉が見つからず使う『ありがとう』。一度は嫌いになった言葉。でも、こんなに深みがあり美しいこの言葉をこれからも大切にしていきたいと思います。

外界でリフレッシュしたところで病院へ戻り再びリハビリに励んだ。今までこんなに歩いた日々があったかな？　と思うほど、義肢さんに何度もアライメントの調整をしてもらい、ＰＴから丁寧なご指導を頂き、泉さんを捕まえては歩容をみてもらった。平行棒から出て、両松葉杖をついて義足歩行できるようになると、ところ構わず朝から夕食までひたすら歩いた。何度も何度も転んでは起き上がり歩く練習をした。天気のいい日は屋上で歩くと気持ちいいので屋上を行ったり来たり。傍から見たら、何もこんなところで歩かなくても……という感じだったかもしれないけど、ここでの歩行練習にすっかりはまってしまった私はリハビリ室でのトレーニングを終える夕方頃になると、夕日を見ながら屋上で歩くことが日課となった。

～二〇〇三年十月三日（金）日記より～

今日、フォームカバー（スポンジで健足に近い形を作り義足に被せる）をつけてもらった。義肢さんの技術で本物の足に近いきれいな右足を作っていただいたので自分の足が戻ってきたような錯覚が起きた。太ももも残っているような幻肢痛とはまた違った不思議な感覚もあった。これからはこれが私の右足になるんだ。海外の義足利用者は、フォームカバーの損傷が多いため（頻繁に膝を曲げ伸ばしするため損傷の原因になる）フォームカバーを付けずに膝継ぎ手むき出しで、短パンやミニスカートをはいている方が多いと聞いた。私はまだ、そうする勇気はなくフォームカバーを付けてもらったけど、確かにカバーが無いほうが運びはなめらかかな？　遊び感覚でソケットに柄を入れてみたり、ファッションとして義足を作る方もいるみたいだ。

二〇〇三年十月十日、無事Ｓ総合リハビリテーションセンターを退院した。

まだ転ぶ事も多いけどある程度歩行ができるようになった私は、次に上る階段は何かを考えた。そして、今度は自分の心のケアをしようと思い心療内科を受診することにした。心療内科を受診するのは勇気がいるけど不安の芽は早く摘み取りたいし、身体と心は直結している事を身をもって知ったのでこのまま落ち込みから抜け出せずにいるとまた再発や転移につながるような気がしてならなかった。

入院中はリハビリに没頭する事で心を支えていた部分があったけど、退院したら力が抜けてしまいボーっと過ごす日が増えた。これからの事を考えると不安に襲われる毎日が続いた。睡眠もとれていたし食欲もあったが、周りとの壁を感じ心と身体に鉛が入っているように重く息苦しかった。無気力感が増し、自分を卑下する悲観的な感情が離れなかった。勇気を振り絞りこれまでのこと・今の心のありかたを先生に話した。

「大変でしたね。今のあなたの状態だと気持ちが落ち込んで当然です。『うつ症状』といって、うつ病の手前のうつ状態みたいだから、軽い安定剤を出しておきますね」

という診断だった。軽いうつ症状なので安定剤を飲みながら仕事をする事も可能らしい。

きちんと診断を受けたことで心が軽くなった私は再び働き始めた。

今となってはどうしてもっと早くに勇気を出して心療内科を受診しなかったのかと思う。心の病気は誰でも起こりうることだし、今のストレス社会の中では当然の事なのにいざ我が身に振りかかると病院に行くことにためらいを感じてしまう。でも勇気を持って受診し、話せたらすっきりした。人に話す事で自分の気持ちを整理できる事もあるのだから、安定剤を処方されなくても良い時期に受診しておけばよかった……と少し後悔した。

入院中も精神的な部分で相談したかったけど、先生も看護師さんも忙しそうだし、精神科を受診する事に抵抗があり言えなかった部分が多かった。前にも少し触れましたが、患者の心の問題を重視している医療機関が多くなってはきましたがまだまだ患者の抱える問題は多いようです。がんを告知されたとき、末期を迎えたとき……臨床心理士・カウンセラー・体験者によるフォローがあればどんなによいかと思う。医療機関側のコスト的な事を考えると難しい問題だけど、病気を抱え闘っていかなくてはいけない患者の気持ちがなかなかついていけないように思う。


心療内科へ行った日のこと、患者さん同士が待合室で近況を報告し合う中、周りの空気に馴染めずうつむいていると一人の女性がお茶を運んできて下さった。ぶっきらぼうだったけど声をかけてもらえて嬉しかった。彼女は隣に座りご自身の話を始めた。中学生の頃登校拒否になりそれから十年間家で引きこもっていたらしい。不安と孤独の中ですごく怖かったそうだ。苦しみがピークに達した時に自殺行為をしたらしい。それで大きな病院に入院し治療を受けて今は落ち着いてきたそうだ。精神的疾患を抱え苦しい中でも自分の事を一生懸命聞かせて頂けた事が嬉しかった。きっと私にも苦しみのオーラがあったから気が付いて声をかけて下さったのだと思う。すごく勇気が必要だったと思うのに声をかけて下さった優しさを感じた。ご自分の苦しみを知っているから人の苦しみにもすごく優しい。私も人の心の痛みのわかる人になりたいと、彼女のおかげで自分の事ばかり考えている自分を反省することができました。

～二〇〇五年九月一日（木）日記より～

最後の再発から長い月日が経ち当たり前の様に流れていく毎日に私の気持ちは埋もれ動かないまま、時間だけが過ぎていく。懸命に命のために闘った日々が嘘のよう……。

一人の時間に思い出すのは、あの時いつも隣に居てくれた彼の事ばかり。秋がこんな切ない想いにさせるのかな？　彼は今も私を気遣い連絡をくれる。その度に私は我慢強くなる。寄りかかりたくて、また共に歩きたくてたまらないのに、その想いを伝えられない私。もうとっくに忘れた振りしてる。素直になれないわけじゃない、わがままが言えないわけじゃない……でも、どうしても気持ちを伝えられないのは私だけが知っている切ない想い。幸せになってね。

実家を出て九年。でも、いつもあなたが隣に居てくれたから、本当の一人暮らしはここに引っ越してきてから。テレビをつけたままじゃないと眠れないというあなたを怒った事もあったけど、今、私が同じことしてる（笑）。私があなたの絶対的味方で居ないと怒っていた。あの頃はあまり理解できずにいたけど今は心から信頼し合える人を求めてしまう気持ちが痛いほど良くわかる。今頃一人の寂しさを知ってあなたの気持ちを理解しても遅いよね。泣き顔も怒り顔も笑い顔も全部愛しいよ。

仕事して家事もしてこんなに大変な日々の中、私の病気とも共に闘ってくれたんだね。失って初めてわかった存在の大きさ。

思い出すのは、一緒に買い物したり、一緒に笑ったり眠ったりした平凡な毎日。

毎日を幸せに過ごしていますか？

『愛は目に見えない。
だから側にある時は大切なことに気が付かない。
失って初めて愛の尊さを知る。
愛は素敵なもの。
愛は温かいもの。
愛は苦しいもの。
愛は怖いもの。
手を伸ばしても簡単には掴めないもの。
愛は儚く脆いもの』

～二〇〇五年九月二十日（火）日記より～

入院中は欲しくてたまらなかった平凡な日々を今過ごしているけど、流されていく毎日の中で無事一日を過ごせた事のありがたさを感じる事を忘れている。そして、新しい悩みに押しつぶされそうになる事がある。病気に怯えて障がいに負けそうで壊れそうな毎日。

足が痛むと再発を心配し、咳込めば転移に怯える。身体のどこかが不調だと、すぐに病気とつなげてしまう悪いクセがついてしまった。そんな不安や、ハンデと病気を抱えながら社会で生きていくのは難しい。心の中の月と太陽が交互に顔を出して、心の葛藤は続く。でも、私だけじゃないんだよね。みんなそれぞれにその人にしかわからない悩みや想いを抱えている。家庭の問題・恋愛の問題・お金の問題・学校の問題・人間関係など……多かれ少なかれ荷物を抱えて歩いている。みんな同じように心が落ち込んだり、そこから這い上がったりしているんだ。それを繰り返していくことは生きている証拠だもの。落ち込んだ気持ちを救い上げるのは自分でしかできないことかもしれない。楽しいこと・好きなことで自分を包んで、自分で自分を愛していく。向上させ、育てていく。それは自分でしかできないことかもしれない。上手に一人を過ごせなくては二人を楽しく過ごせるはずがない。

もう一度思い出したい。入院中、平凡な毎日をどんなに夢見てきたか……。おいしいものが食べられてぐっすり眠れる当たり前な毎日がどんなに貴いものだか身をもって感じてきた日々を。

『気がついたら心は一人ぼっちだった。
みんなに守られた命だったのに、
今は一人で凍えてしまいそう。
一人が好きなわけじゃない。
孤独を愛しているわけじゃない。
それなのに、心を開くのが怖い。
心が誰にも見えないように、
心に誰も入ってこないように、
心を何重にも覆って、
一人で凍りついた心を抱えながら震えてる』

~二〇〇五年九月二十三日（金）日記より~
今日からゴスペルを始めることにした。心の中から湧き上がってくる心の叫びを大きく外に吐き出すのはとても気持ちがいい。閉じ込めていた気持ちを解放できる瞬間を感じた。楽しくて楽しくて、生きてるって感じがした！　こんなに心から楽しいって思え

たのは久しぶりかも♪私は本当に唄が好き♪音楽が好き♪

音楽は本当に不思議。心を温かくもするし、軽くもする。元気や安定もくれる。優しい曲を聴くと温かい毛布に包まれているような気持ちになるときがある。そんな音楽を再び始められた事が何より嬉しい♪

スポーツジムにも通おう。仕事を始めて水泳から離れてしまっていたけど再開しよう。

いろんな場所へ出かけよう♪

好きなことをたくさんして、好きなもので周りを固めて私が私を救いたい。

＊

二〇〇五年十一月十日、その日は三ヶ月に一度の検診日。いつもと同様。レントゲンを撮って体調の変化の有無・適度な運動を続けている事、食欲もある事を先生に報告して診察は終わるはずだった。しかし、胸部レントゲン撮影後、胸部ＣＴの検査もするように指示された。そして再び診察室に呼ばれた。

「左肺に腫瘍らしい影があります。〇〇病院の胸部外科のドクターを紹介するからそこを受診してください」

　また肺に転移した。その事は『死』を意味するようで怖くてたまらなくなり泣き崩れ、心の叫びを抱えたまま診察室を出た。

　発病してから、何度も何度も再発・転移を繰り返し、体に不調を感じる度にがんと結びつけては怯えてきた。身も心も疲れ果てていた。前回の治療後、なんとか気持ちを奮い立たせて日常生活に戻り夢だった医療に携わる仕事をさせてもらい、食生活や運動療法など健康維持に努めやっと生活のバランスが取れてきたところにまた試練。何度も化学療法をしたのに再発・転移を繰り返している私の悪性腫瘍に効く薬はもうない。マイナスだらけの私は失うものなんて何もない。日常生活に戻ってからも周りに心配や迷惑ばかりかけて重荷になっている。これが私の寿命と覚悟し家族にも友人にも何も告げずそのまま過ごそうと思った。すると、診察が終わり会計窓口の前に座っていた私に、一人の看護師さんが声をかけて下さった。

「こっちの部屋で話をしない？」

そして、処置室へ案内してくれた。

「整形外科の看護師から連絡が入ったの」

私はただ泣いていた。泣き場所を与えてもらえたことには感謝したけど、気持ちを話すつもりは全くなかった。健康な方に今の気持ちを話したところでわかってもらえるはずもないし、返ってくる言葉はわかっているから……。すると、

「私も大腸がんを患って脳にも転移しているの。もう、治療もしたくないと思ったけど、息子の事を思ったら病気から逃げるわけにいかないと考え直したの」

気が付くと私も自分の事を話していた。同じようにがんの告知を受け化学療法を経験された方だからか、心を開き自分の気持ちを素直に話すことができた。もうこのまま死んでしまってもいい。そんな心の深いところにある気持ちまで吐き出すことができた。話を受け止めながら聞いてくださった看護師さんは私が口を閉ざすと静かにまた語り始めた。

「肺がんで亡くなっていく方の姿を見たことがある？　どんなに苦しい思いをするか知っている？　もし、手術を拒否してしまったらとても苦しい思いをするのよ。それに残されたご家族の気持ちも考えてみて」

共に病気と闘ってくれている父と母、家族の事を思い出した。そして、最近生まれた友人の子供の事を考えた。お腹にいる赤ちゃんを抱えて大変な思いをしていた友人の姿。生まれてきた子供を試行錯誤しながら育てている友人の姿。そこに私を育ててくれた母の姿を見たような気がして命の重みを感じていた。大変な想いをして育ててくれた母を思ったら逃げ出すことなんて出来ないと思った。生まれてきた命。守られてきた命。生かされている命。私は生きたくても生きられない人を何度も見てきたはずだ。私は家族のためにもまだ死ねない。

もう、この世にはいないTさんへ

あの時、Tさんが声をかけてくださらなかったら、私はもしかしたらこうしていられなかったかもしれません。Tさんと過ごした時間は短かったけどTさんから教えて頂いた事がたくさんありました。本当に本当にありがとうございました。

二〇〇五年十二月六日、最終的な術式の説明があり、左肺底区域を全摘出した。

今回の入院中、私が発病した時からずっとお世話になっている最も信頼している先生、

G総合病院整形外科医K先生からメールでも励まして頂いた。ご多忙なドクターがメールで患者の心のケアをして下さるなんて本当に本当にありがたいことです。その上、免疫療法というものがあることを教えて下さり、治療できないことで絶望感を抱いていた私に希望の光を差してくださった。私もインターネットなどで調べていた情報をK先生に問いかけたら一つ一つ丁寧に説明して下さった。結局先生がすすめて下さる『自家がんワクチン』という治療を受けることにした。

先生にとっても初めての試みということ、自由診療で自費の治療になるため当時一クール百五十万ものお金がかかるということ、そして何より患者自身が納得したうえで治療に望む必要があると、私の立場に立って考えてくださった結果、製薬会社担当者による薬や治療内容の説明を主治医と共に受ける時間を設けて下さった。

『自家がんワクチン』という治療法は、手術で取り出してホルマリンで固定した患者自身のがん組織を使い、独自の免疫刺激剤を混ぜて作ったものを五回に分けて皮下注射により体内に戻すという治療法だそうだ。その患者だけに特有ながん抗原を含むので患者専用の完全なパーソナルドラッグとなるらしい。自分自身の組織を使うため『自家がんワクチン』というらしく、投与により患者本人の体内で、がん細胞だけを殺す働きのある免疫細胞を活性化する効果がある。結果、がん細胞中に多くできる特殊なたんぱく質を免疫細胞が見つけ出し、活発にがん細胞を殺すようになる。その為、目に見えない小さながん細胞を免疫細胞が殺してしまえば、がんの再発を防止したり、いつの間にか起こるがん転移を予防することができるのだそうだ。『骨肉腫』に対しては初めての試みらしいので躊躇いはあったが、信頼している先生の勧めて下さる治療だし私の身体を使って今後のデータになるのなら光栄と思い試してみる事にした。

退院し、通院で治療を始めた頃は、熱も下がり声も少しずつ出せるようになったので、発声練習・リハビリ！　リハビリ！　と言いながらカラオケ通いをする毎日だった。肺に水が溜まっているせいか咳や痰、息切れはあったが、職場の理解を得られ一ヶ月後仕事に復帰した。病気・障がいを抱えている者を雇う企業はなかなかないのに病休もとらせて頂き、その上復帰もさせて下さった職場に心から感謝しています。通勤しながらの治療となったが、副作用は一過性の軽い発熱程度で済んだのでとても楽に受けられる治療だった。何クールやるか決断に迫られたとき、お金に換算してしまう私は、何だか自分の命に値段をつけるようで複雑な心境になった。

『いのちって不思議。
弱くて脆くて頼りないけど、強くて逞しくて頼もしい。
生きなさいっていのちが言っている』

＊

お世話になった看護師さんの元を訪ねた日のこと。話の流れで共に入院していたMちゃんの話になった。入院中、共に病気と闘ってきた高校生になったばかりのMちゃん。彼女の言う症状や投与していた薬から恐らく同じ病気だろうと察しがついたのだけど、彼女の口からは別の病名で語られた。告知をされていなかったのだ。お互い調子が悪かったり、白血球が下がると無菌室へ隔離されていたので顔を合わす機会は少なかったけど会えたときにはよく話をした。彼女は学校の話や副作用の辛さを訴えていた。同じ経験をしているので気持ちが手に取るようにわかり、短い時間でも深いところで理解することができた。

でも、私の口から病名が伝わってしまってはいけないので私は傾聴に徹した。

「Mちゃんは今どうしていますかね？」

すると、看護師さんの顔が一瞬曇った。

「Mちゃんは亡くなったの」

とてもショックだった。同じ病気で共に闘ってきた同士。まだ高校生になったばかりの若さで奪われてしまった命。それに引き換え、私は生かされている命。

同じ病気を抱え一緒に闘ってきたのに、奪われた命と救われた命がある。どうして私ではなかったのだろう……。どうして私が生き残ってMちゃんの命が奪われたのだろう……。

奪われるいのちを知ると、命の重みを感じずにはいられなくなる。Mちゃんはもっともっと生きたかったはず。命を守るために懸命に病気と闘ってきた。学校の話を楽しそうにしてくれていたMちゃん。一番楽しい時期に……。もっとおいしいものを食べたり、素敵な景色を見たり、恋愛もしたかったよね。やりたい事がいっぱいあったよね……。自分の本当の病気を知らないままこの世を去っていったMちゃん。

奪われていく命を目の当たりにする度に、救われたこのいのちで何ができるのか、生きている意味を考えずにはいられなくなる。環境や、自然という偉大な力・多くの方々に守られてきた命なのに、何もできずにいる自分がはがゆくなる。

こんなに何度も再発・転移を繰り返しても今があるのは異例といわれている。

『神のみぞ知る』私の余命。

生きている、生きていきたい。生きていっていいのかな。生まれてきた意味がわかるまで……。いのち尽きるまで……。生きたい。

あれから五年。約二年刻みに再発転移を繰り返してきた私の中の不良細胞達が、免疫療法自家がんワクチンを受けてからすっかりおとなしくなった。この免疫療法が保険適応され、がんに苦しむ多くの方が治療できたらたくさんの命が救われるのではないかと思う。

この病気と付き合う上で、いのちの事・心の事・人の事をたくさん学びたくなりいろいろな講座を受講した。そこで素敵な方達ともたくさん巡り会った。それぞれ抱えるハンデは違うけれど私よりもずっと前から荷物を背負って歩いてきた先輩達は困難を乗り越えてきた分の力強さと、辛い想いをしてきた分、人の心の痛みがわかる深い深い優しさと思いやりがあります。自分の生き方を貫く意志と人を見抜く目を持っています。生きることに一生懸命です。そんな方たちに話を聞かせてもらうたびに思うのは、人はもっと自分の存在を認め、ありのままの自分を愛すべきだと気づかされます。もし、世間が健常者と違う人を障がい者と呼ぶなら、それはそれでもいい。と思えるようになりました。確かに、不便はあるからそういう意味では障がいを抱える者です。でも、リスクのない体・リスクを抱えた体、両方を経験してみて人間にとって何がハンデなのかがわからなくなりました。がんを患ったことでいのちの貴さを知れたら、健康な時には考える事もなかったであろう生命について深く考え毎日を愛おしく思えるようになる。身体障がいがあっても、人の優しさや温かさをたくさんもらったら健康なときには知らなかった人の温かさを知ることができる。精神障がいがあっても、深いところで人と繋がることが出来たら健康な時には知らなかった深い繋がりを知ることができる。
姿は違ったとしてもみな同じように傷つけば涙を流し感動すれば心震わす。平等にある寿命を全うしようとしています。人間の本質はみんな同じだということを忘れずにいたいと思います。人として未熟で半人前な私に病気と障がいが教えてくれた事です。そして、大切な事に気づかせてくれたゆっこ・かずき・ぶん・みーちゃん・みかちゃん・ちびちゃん・あっちゃん・さおりん・けろろありがとう♪

セナへ
いつも大切な事をたくさん教えてくれてありがとう。セナは何もしてないよ。って言うかもしれないけど、セナのくれる思いやりがたくさん見えます。
私とは違うハンデを抱えるセナと初めて会った時は、正直どのように接したら良いのかわかりませんでした。でも、付き合いを深めていくとそんな悩みは無駄なことだったとわかりました。セナの持って生まれた明るさと優しさが私を許してくれたからです。
心を開き一歩踏み出す勇気と、人を信じる心を取り戻せたのはセナのおかげです。苦しい想いをされた事もあるかもしれないけど、その分愛情をいっぱい受けて生きてこられたセナだから、みんなに惜しみなく愛情を分けてくれる。カサカサの私の心に水が注がれるように浸透してきます。感謝しています。

友人久美の愛娘♪まよちゃん、ひなちゃんがまだ小さい頃、私の足について疑問を持つ二人に病気のことを話したことがあった。澄んだ瞳で一生懸命に話を聞いてくれた。歩く時には小さな手で私を引っ張ってくれた。数日後、友人久美のお宅を訪ねたら私専用の靴べらが置いてあった。靴を履くことに梃子摺っていた私をどこからか見ていて用意してくれたのよね♪　成長した今も、私を気遣ってくれる。病気を患い障がいを負っても変わらず友人でいてくれる母親久美の背中を見て育ち、久美は母として二人を人を差別しない優しい子に育てようと努力してくれているから、偏見のない思いやりのあるまよちゃんとひなちゃんです。

更に成長し、社会に出た時、純粋な気持ちと優しい心が潰されない世の中であって欲しいと願います。

今は、この病気で初めて診察してくださったZ医科大学附属病院のN准教授の授業で医学生に向けて体験談を話す時間を毎年頂いています。N准教授は私たち患者の生の話を聞くと勉強になると交流を持てる時間を作って下さいます。そして、こんな貴重な時間を与えて下さいました。こんなチャンスが巡ってきたのも共に入院生活を送った駒崎さんのおかげです。駒崎さんはいつも、

「俺が幸せになるときはみんな一緒だから」

と言って、当時共に入院生活を過ごした仲間を大切にして下さいます。

自分の体験が役立つなんて、こんなにありがたい事はありません。こんな私でも少しは恩返しできているのでしょうか。

講演終了後駆け寄ってくれた医学生さんから、

「患者さんや患者さんのご家族とどの様に向き合えばいいかわからないんです……」

「患者さんが落ち込んでいるときどう接していいかわからない……」

など、質問を頂くと嬉しくなります。

先生や看護師さん・医療従事者は患者や患者家族の心とも向き合わなくてはいけないのだから本当に大変だと思います。中には私みたいにわがままな患者もいますからね（苦笑）。そんな先生方のおかげで病気を克服できた私たちができる事はないかといつも考え

ています。
そして、再び音楽の勉強も始めました。病気によって奪われたものを少しずつ取り戻していきたいと思います。闘病生活が始まり十三年間、生きた心地がしなかったけど、今は貴重な経験をさせて頂けたと心から思えます。

『目がある。
耳がある。
鼻がある。
腕がある。
手がある。
話せる。
笑える。
怒れる。
泣ける。
愛せる。
だから、幸せ　』

今の私だから、貴いものが見える。
失ったものも多いけど、両手が空いている分大切なものを掴める。
優しく温かいこの世の中でもう一度歩いていきたい。

＊

長い闘病生活の中でも最も忘れられない日の日記より

〜一九九九年六月四日（金）日記より〜

退院が決まった！　これまでの約一年間、本当に苦しかった。病気になるまで当たり前にあった命を守るための治療はきつかった。あって当たり前だったものが決して当たり前ではないということに失ってみて初めて気が付いた。でも、その苦しみのおかげで今はこんなに幸せを感じられる。

闘病中、一番大変だったのは私を支えてくれた周りの人たちだったと思う。

仕事帰りや休みの日に三時間もかけて会いに来てくれたお父さん。俺が行っても何もしてやれない。と言っていたけど黙って隣にいてくれるだけで安心しました。病気の告知を受けたとき初めて見た父の涙。入院前はお父さんの愛情を疑った事もあったけど、私たち家族の事を想ってくれている事を実感しました。私達を守り続けてくれてありがとう。

心配性のお母さん。『代わってやれるものなら代わってやりたい』という言葉が口癖になってしまったね。私の病気のことで眠れなくなるほど苦しませてしまっただろうに、疲れた顔や不安を見せず明るくいてくれたお母さん。大きな心と優しさで見守り応援してくれたから乗り越えることができました。お母さんの優しさに救われる事がたくさんありました。わがまま娘ですが、これからも宜しくお願いします。

人生辛いことが多い中、前を向いて進んでいる弟の姿からも勇気をもらいます。一緒に坊主になってくれたこと忘れません。世間に負けず、一緒に生きていこう。

そして、大切なあなた。あなたの愛にいっぱいいっぱい支えられました。愛し愛されるという事の大切さを知りました。愛を教えてくれてありがとう。

苦しくて苦しくて逃げ出したい事も何度もあったけど、逆境の中から見えたたくさんの幸せが私を支えてくれました。そんな経験を持てた私は幸せです。これからは人のために命を使い切りたいと思います。

いのちを救って下さった先生、看護師さん、いつも近くで応援してくれた家族や友人、共に闘った病室の同志……み〜んなに心から感謝の気持ちでいっぱいです。

本当に本当にありがとう！

この本を最後まで読んでくださった方、出版するにあたってお力を貸してくださった日本文学館の方達、快く推薦文依頼に応じてくださった先生、協力してくれた友人・家族に心から感謝致します。

ありがとうございました。

著者プロフィール

田中《たなか》 博子《ひろこ》

1974年4月17日生まれ。埼玉県在住。

両親の出身地鹿児島県で五体満足に生まれ、自然あふれる埼玉県で元気一杯の青春時代を過ごす。しかし成人後に発病してから生活が一転する。再発・転移を繰り返し絶望の淵に沈むが、たくさんの出会いと多くの方の支えで一本の脚で生きていこうと決意する。

紅鶴《フラミンゴ》

2012年2月1日　初版第1刷発行
2012年10月20日　初版第2刷発行

● 著　者　田中 博子
● 発行者　米本 守
● 発行所　株式会社日本文学館
〒160-0022
東京都新宿区新宿5-3-15
電話 03-4560-9700（販）Fax 03-4560-9701

● 印刷所　株式会社平河工業社

ISBN978-4-7765-3029-9